# 男女比1:5の世界でも普通に生きられると思った？

～激重感情な彼女たちが無自覚男子に翻弄されたら～

著 三藤孝太郎
画 jimmy

「五十嵐《いがらし》 恋海《こうみ》」
入学が遅れた将人と
唯一友達になってくれた女の子。
小悪魔的な仕草で
将人を惑わす美少女だが……？

溢れ出したこの感情の波を
抑えることなんてできない。
（無理。なにこれ。王子様じゃん、こんなの）

「前田《まえだ》 由佳《ゆか》」

一緒にバスケをするスポーツ中学生。

よくショートした機械みたいになっている。

「はわわわわわ」

DUNK

「私以外の指名、受けちゃダメだから……」
【望月《もちづき》星良《せいら》】
将人が働くボーイズバー常連のお姉さん。
お酒が入ると大胆になりがち。

『戸《と》ノ《の》崎《さき》 みずほ』
「もう入学して2ケ月だよ!? 男の一人や二人、捕まっててもいいはずでしょ!?」
「いや高望みすぎでしょ……」

「……ね、せっかく席とってたんだから、
今日こそ一緒にご飯行ってよ」

# CONTENTS

Danjohi 1:5 no
sekai demo futsu ni ikirareru
to omotta?

# 男女比1:5の世界でも普通に生きられると思った？

［～激重感情な彼女たちが無自覚男子に翻弄されたら～］

Danjohi 1:5 no
sekai demo futsu ni ikirareru
to omotta?

著 三藤孝太郎
画 jimmy

# プロローグ

Danjohi 1:5
no sekai demo futsu
ni ikirareru to
omotta?

モテたい、という願望は男の子なら誰しも持ったことがあるのではないだろうか。その例に漏れず俺も少なからず思ったことはあるし、なんなら女の子の方からアプローチをかけられたい、と図々《ずうずう》しくも考えたことはある。

けれど。けれどだ。

「君すっごく可愛《かわい》いお顔してるわね、お姉さんとちょっとお茶していかない？」

こんな厚化粧で額には脂汗が滲《にじ》んでいるようなお姉さん（自称）に逆ナンされたいとは流石《さすが》に思ったことはない。

「あ〜、えっと……」

どう答えるべきか悩む。きっとこういうのに慣れている人であれば、例えば無視してそのまま目的地である学校に歩みを進めるとか。この暑さも吹き飛ばすような冷たい視線を送るとか。そういう対策をとれたのかもしれないけれど。生憎《あいにく》俺の寂しい手札にはそういった攻撃力の高いカードは用意されておらず。

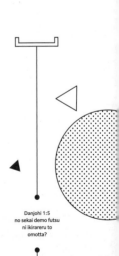

「ちょっと、急いでて……ごめんなさい」

当《あ》たり障《さわ》りない言葉を選んでなんとかこの場を脱出するために隣をすっ、と通り抜けようとすることしかできなくて。

「それなら連絡先だけ教えてよ！　今度改めてお茶しましょ？」

その程度の弱すぎる手札なら向こうにも対抗策くらいはあるのは当然で。隣をすり抜けようとしたのもかなわず、あっさりと行く手を阻《はば》まれてしまう。向こうはもうスマートフォンを取り出しており、ＳＮＳの連絡先を交換する気満々。

まあ正直その連絡先交換くらいでこの場を乗り切れるならいいか、ともう諦めかけてスマートフォンを出そうとしたその時――。

「まーさーとー！」

ぐえ、と言う暇すらなく。背中に衝撃を感じるのと同時に、最近ではよく聞く可愛《かわい》らしい声。

「ほら行くよ！　もう授業始まっちゃう！」

「え？　あ、ちょっと！」

亜麻色のショートボブに黒いキャップを被《かぶ》った少女――五十嵐恋海《いがらしこうみ》がとてつもない勢いで俺の後ろから突撃してきたかと思うと、そのまま俺の腕を引っ張っていく。いくら強引な逆ナンだったにせよ、流石《さすが》にこんな別れ際《わかぎわ》になって申し訳なかったかなと思ってちらりと後ろを見やると。

「ちっ……」

え、舌打ちしてるんだけど。怖いマヨ。

しばらくそのまま走って。大学の門をくぐって少ししたところでようやく、恋海《こうみ》と俺は立ち止まった。

「はあ……はあ……もー言ったでしょ！　あーゆーのは本当に無視しちゃって良いって」

「ははは……なんだかんだ、無視するのって難しいんだよなあ」

膝に手をつきながら、呼吸を整える。隣を見れば、同じく呼吸を整えている恋海《こうみ》の、ショートパンツから伸びる健康的な脚が目に入って思わず目を逸《そ》らしてしまう。

「将人《まさと》は優しすぎだって！　危なっかしいんだから、もう……」

大学の同級生である恋海《こうみ》からの言葉を聞いて……少なくともこの世界においては、俺の考えが間違っているのだろうな、となんとなく思った。

と、いうのも。実は俺は先月この世界に転移してきているのだ。

違いがなさ過ぎて、最初は転移したこと自体気付かなかったけれど、前の世界とは明確に違う点があった。この世界は、男女比が偏っている。その比率は、男が1とすると女が5。1：5だ。どうしてこうなってしまったのかまではわからないけれど、そのせいもあって、先ほどのような現象にはよく遭遇する。つまりは、女性が男性に対してナンパをする行為はもはや、『逆ナン』ではなく、『普通のナンパ』なのだ。

昨今では一夫多妻制導入を希望する声も大きくなっており、男女間の恋愛における価値観は大きく変わってきているらしい。

最初は戸惑ったし、恐怖もあった。けれど、その心配はある程度杞憂《きゆう》だったと言って良い。確かに男女比は偏っているけれど、行動が制限される、とか、いきなり襲われる、とかそういったことはなく。むしろ――

「？　どうしたの将人《まさと》」

隣を見れば、小首をかしげる美少女が1人。きめ細やかで綺麗《きれい》な肌。快活な彼女の気質が表れているかのような活気に溢《あふ》れた真紅の瞳。こんな美少女が俺の事を気にかけてくれるということだけでも、十分にプラス足りうる要素だ。

ありがとう男女比の壊れた世界……。俺は未《いま》だに不思議そうな顔をしている恋海《こうみ》の頭にぽん、と軽く一度手を置いた。

「ん、なんでもない。助けてくれてありがとうね、恋海《こうみ》」

「……卑怯《ひきょう》だよ……」

「え？」

「んーん！　なんでもない！　行こ！」

俯《うつむ》いた恋海《こうみ》が何か言った気がしたけれど、聞き取れなかった。くるりと振り返った恋海《こうみ》と一緒に、教室へと向かう。

——俺はまだこの時、分かってなかったんだ。

この歪《いびつ》な世界で、『普通に生きる』ということがどれだけ難しいことなのかを。

■

最近の大学生活は、悪くない。入学直後は憂鬱で、足が重かったこの大学までの道のりも、今は足取り軽く向かうことができる。たった1人の存在だけで、こんなにも変わってしまうなんて、自分も案外単純な女だったらしい。

でも、これは仕方ないこと。丁度1週間ほど前、突然私の前に現れた王子様が、魅力的すぎたから。彼が現れてから、私の大学生活は一気に輝いたのだ。

すらっと伸びた身長。緩くパーマがかかった黒髪。爽やかという言葉が世界一似合うと言われても、否定する人はいないだろう。というか、私が否定なんかさせない。

そうそう、ちょうどあの坂の途中にいる彼くらいの身長と背格好で……って。

「あれ、将人《まさと》じゃない？」

片里将人《かたさとまさと》。それが、私の王子様の名前。

そしてその将人《まさと》が、ちょうど道の途中に立っていて。何故《なぜ》足が止まっているんだろうと見てみれば。その前には、女の人が1人。い、嫌な予感が……。

「それなら連絡先だけ教えてよ！　今度改めてお茶しましょ？」

な、ナンパされてるー!?

事態を理解した私は、脇目もふらずに走り出した。

その人は、その人だけは絶対に渡すわけにはいかないんだ。

走り出した場所から距離もそこまで離れてはいなかったから、将人《まさと》の後ろまではすぐにたどり着いた。

「まーさーとー！」

「え、うわっ！」

気付いたら、身体《からだ》が動いていたとはまさにこの事なんだろう。すぐに将人《まさと》の腕を摑《つか》むと、そのまま大学への道を走り出した。

「はあ……はあ……もー言ったでしょ！　あーゆーのは本当に無視しちゃって良いって」

「ははは……なんだかんだ、無視するのって難しいんだよなあ」

ようやく大学の門をくぐって。

ナンパしてきた女の人が付いてきていないことを確認して、私と将人《まさと》は息を吐いた。将人《まさと》の魅力は、この優しさ。普通、あんな中年の女の人がナンパしてきたら、嫌悪感《けんお》を示すものなのに、将人《まさと》にはそれがない。だからこそ、危なっかしくてたまにハラハラするんだけど。

「将人《まさと》は優しすぎだって！　危なっかしいんだから、もう……」

こうして何度か注意喚起しているものの、その性格は簡単には変わりそうにない。確かに、そこが将人《まさと》の良さでもあるから、難しいところなんだよね。

走って乱れた呼吸を整えて、天を仰いだ。うん、綺麗《きれい》な空。まだ春先だから良かったものの、夏に入ってこの天気で走ったらこの程度の汗では済まなかっただろうなあ。

と、将人《まさと》の様子を見てみると、私の方を見て何やら考え事の様子。

「？　どうしたの将人《まさと》」

なるべく将人《まさと》の前では可愛《かわい》い自分でいたいから、汗が目立たないように、半歩だけ下がって小首をかしげてみる。

ぽん、と頭に感触。

「ん、なんでもない。助けてくれてありがとうね、恋海《こうみ》」

置かれた手のひらがあたたかい。屈託のない笑みが、私の心臓を射抜く。

……こういう事を、平気でしてくるんだ。将人《まさと》は。

急激に上がった体温は、きっとここまで走り続けたせいだけではなくて。

顔を見られたくなくって、キャップを目深《まぶか》に被《かぶ》り直した。

「……卑怯《ひきょう》だよ」

「え？」

「んーん！　なんでもない！　行こ！」

なんとか取り繕って、そのまま校舎への道を歩き出す。

本当に、ずるい人。してほしいなって思ったことはなんでもしてくれて。そしてこういう時は不意打ちみたいに嬉《うれ》しいことをしてくれる。

私の、理想の王子様。

心がぽかぽかと温かい。胸の内にじんわりと広がるこの気持ちは、もう出会ったその日から自覚していて。

軽く伸びをして、気持ちいいくらいの青空を仰いだ。

今はまだ、難しいけれど。

いつか絶対、この人の恋人になるんだ。

# 一方的運命の出会い

## 幼馴染系ＪＤはたまに怖い

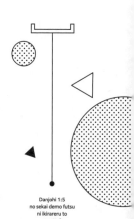



それは、春にしては暑い日差しが降り注ぐ日の事。

「将人《まさと》！　もう朝通り越してお昼よ～！」

「はいは～いもう出ますよ」

この世界に転移してから早1ヶ月。

しばらく経《た》ってからわかったのだが、ここはどうやら異世界というより、パラレルワールドみたいなものに近いらしい。

何故《なぜ》か戸籍があって、『片里将人《かたさとまさと》』という存在は、最初からこの世界にいたことになっているし、もといた高校も卒業したことになっていて、ちょうど春から行くはずだった大学の入学手続きも終わっていた。

そりゃあ最初は普通に生活していけるか不安だったけれど、今は特に不便を感じることもなく生活させてもらっている。

で、それが一体誰のおかげかと言われれば。

「将人《まさと》あんた今日シフトだからね！　18時にはお店きといてよ！」

「はーい了解でっす」

さっきから家の外で俺に声をかけてくれている、附田《つくだ》藍香《あいか》さんに他ならない。転移直後に路地裏で倒れていた俺を助けてくれて、成り行きでそのまま俺の保護者となってくれた女神のような人だ。ちなみに既婚者だけど、夫とはもう会ってないらしい。闇が深い。

藍香《あいか》さんは保護者になってくれただけでは留まらず、なんなら大学に通うことも許してくれた。もちろん、奨学金を使ってであるから、自分で働いて返すけど。

とにかく俺はこの人に頭が上がらない。今生活できているのは間違いなく藍香《あいか》さんのおかげだった。

玄関のドアを開ければ、藍香《あいか》さんがひらひらと手を振っている。

「おはようございます」

「ん、おはよ。けどさっきも言ったけどもうお昼よ？」

ゆるくウエーブがかかった茶髪を片方だけお下げにまとめている。初めて会った時と、同じ髪型。もうすぐ30になるっていうのに綺麗《きれい》な人だ。職業柄もあって、身なりには気を使っているのかもしれない。

俺が住んでいるこのアパートは、藍香《あいか》さんが借りてくれている建物。

藍香《あいか》さんがやっている店のすぐ近くということもあって、朝はこうしてたまに声をかけにきてくれるのだ。

「どうなの？　大学では友達できた？」

「あ～……そうっすね、一応……？」

「怪しいわねえ。変な女に騙《だま》されちゃだめよ。外泊するときは私にちゃんと連絡すること！あと敬語もやめる！」

「はーい！　行ってきまーす！」

気恥ずかしくなった俺は会話を切り上げてそそくさと退散することにした。背後から聞こえてくる、「結局敬語じゃない！」という非難から逃げるように。

これでも、短い期間の割にはちゃんと親しみを感じている方なのだ。とはいえ敬語をやめろと言われてもまだ出会って1ヶ月の、それも恩人である人に敬語を外すことは難しい。固い人間なんです、俺。

それにしてもここで「変な女に騙《だま》されるな」というワードが出てくるあたり、やはり元の世界とは違うんだなあと痛感させられる。藍香《あいか》さんから見た俺は、元の世界風に言うと危なっかしい女の子に見えているのだろうか。

藍香《あいか》さんと別れて、大学へ。時刻は11時。お日様が容赦なく地面を照り付けている。季節は夏を迎えようとしていることもあり、この時間帯は気温がアホみたいに高い。額に流れる汗をハンカチで拭いながら、お気に入りの腕時計をちらりと見る。

「やべ、2限間に合わね……」

2限目の開始時刻は11時10分。このまま歩いていたら、開始時刻には間に合わなそうだ。とはいえこの暑さのなか走るのはかなりキツイけど……。走るしかない、か。

仕方がない、と決心したその時。ピロン、という音と共にポケットに入れておいたスマートフォンが振動する。ポケットに手を突っ込んでスマホを取り出してみれば、SNSの通知が一つ。

《恋海《こうみ》》『将人《まさと》今日2限104教室だよね？　席取っておいたよ♪』

「助かる～持つべきものは友だな！」

走り出そうとしていたのを中断し、早歩きに変更。ありがとうと感謝の意を伝えるスタンプだけ送信して、スマホを再びポケットに突っ込んだ。席を取ってくれているのなら多少遅れても問題ない。

一番地獄なのは席をとれてないのに遅刻してきて、教授の目の前で授業を受け始めることだからな！

俺は心の中で恋海《こうみ》に感謝して、大学への道を進むのだった。


「であるからして、ここの文章の意味は――」

教室に入ると、既に授業は始まっていた。

10分ほどの遅刻だけど、大教室だから問題ない。うちの大学は、そのへんが緩いのだ。とりあえず、席を取ってくれた恋海《こうみ》を探さなければ。

(将人《まさと》！　こっちこっち……！)

出席を示すためにカードリーダーに学生証をかざした後、振り返って教室を見回してみれば一番後ろ奥の席でぴょこぴょこと揺れる亜麻色の頭を発見。

ささっと後ろを通って、恋海《こうみ》が自分のバッグを使ってとってくれておいた席を無事確保した。

「マジサンキューな恋海《こうみ》」

「にしし……将人《まさと》のためならこれくらいちょろいもんだよ♪」

無邪気な笑顔をこちらに向けるショートボブの女の子……五十嵐《いがらし》恋海《こうみ》は、この大学で俺の唯一の友達と言って差し支えない。にししと笑った表情は小悪魔的で可愛《かわい》く、真紅の瞳はビー玉のようにきらきらと光っている。

転移でごたごたして大学入学が遅れてしまった俺は、普通の新入生よりも1ヶ月ほど遅れて授業に参加することとなった。

大学1年生の入学最初の1ヶ月は、あまりにも大きい。皆それぞれ友達のグループは完成し、所属サークル等も既に決まってしまう。

出遅れた俺は学生生活ぼっちを覚悟していたのだが……そこで現れたのが恋海《こうみ》だった。

恋海《こうみ》自身は明るい性格もあってかいくつかのグループに所属しているはずなのに、何故《なぜ》かぼっちの俺に特別優しくしてくれる奇跡の存在。

でもやっぱりそんな都合の良《い》い展開が起こるのも、貞操逆転世界だから、なのだろうか。

……はっ、ひょっとして、こ、この子もしかして俺に一目惚《ひとめぼ》れ⁉

……危ない危ない。勘違い童貞がログインするところだった。

なんてことを思っていたら、半袖Tシャツの袖をぐい、と引っ張られる。

「……ね、せっかく席とってたんだから、今日こそ一緒にご飯行ってよ」

……なんだこの可愛《かわい》い生き物。

にへらと無邪気な笑みを浮かべてデートのお誘いをしてくるこの少女の破壊力たるや。

ショートボブに揃《そろ》えられた亜麻色の髪からそっとのぞく小ぶりなパールのピアスが彼女の無邪気さとギャップを作り出していて可愛《かわい》らしい。

彼女の着ている白いシャツがオフショルダーなこともあって、身体《からだ》を寄せてきた際に否応《いやおう》なしに肌が見えてドキリとしてしまう。……冷静に冷静に。こういう時こそクールにいかねば。

俺はクールな男なんだ。

「あ～……ま～じでごめん、今日はバイトなんだよね」

「え～。もしかして将人《まさと》金曜日は確定でバイト？」

「そーね、ほとんどそうかな」

「そっか～じゃあ来週の月曜日とか！」

「それならいいよ全然」

「やった」

小さくガッツポーズをしてから、身体《からだ》の位置を元に戻す恋海《こうみ》。

いや可愛《かわい》すぎんか？

狙ってやってるだろ！　いい加減にしろ!!　でも可愛《かわい》いから許す！

……ふう、と一つ息をついて、授業に集中。実は恋海《こうみ》とは、授業がほとんど被《かぶ》っている。

というのも、遅れて履修登録（受ける授業を選んで登録すること）をする際に恋海《こうみ》が手伝ってくれたからなのだが。

学部も一緒だったこともあり、親切にとらなきゃいけない授業を教えてくれた上で、一緒にとれるものはとってくれたのである。女神すぎんか？

……でも冷静に考えて申し訳なくなってきたな。

こんな可愛《かわい》い子なんだし、同じグループの友達とかと一緒に授業受けたかったろうに……。

「……なあ、本当によかったのか？　俺と授業とるより、友達と授業とりたかったろ……？」

「……んー？　全然そんなことないよ。友達とは、サークルとかで会えるしね」

ヒソヒソと小声で話しているから俺達の声は教室に響いたりはしない。教授の声にかき消されるくらいの音量なのを確認して、俺は続けた。

「もしあれだったら、たまには友達と受けてくれてもいいからな。なんなら俺は1人でもいいからさ」

これだけ人望のある子なんだ。きっとこの授業を受けている中でも友達の1人や2人いるだろう。

俺はそう思ったのだが。


「なんで？」


瞬間、気温が10度くらい下がった気がした。

恋海《こうみ》は変わらず笑顔だが、なんか目が笑ってない。

――え？　なんか俺地雷踏んだ？

「え、いや、恋海《こうみ》がほら、他の子と受けたいかな〜って」

「将人《まさと》は私と授業受けるの、嫌？　もしかして、他の女の子と授業受けたい？」

「いやいやいや！　そんなことない。マジでありがたいし、恋海《こうみ》みたいな美少女と授業受けられるならこんなに嬉《うれ》しいことはないようん！　ってか恋海《こうみ》以外に友達いないし！」

よくわからないがヤバイ気がしたので音速で弁明してみる。

え、女の子わからん。なにが悪かったの？　怖いんだけど？

しかし俺の「美少女」という単語あたりから次第に恋海《こうみ》の表情が明るくなっていって。

「び、美少女？　そう？　かな？　将人《まさと》から見て、可愛《かわい》い？」

なんか急に恥じらいだした。

「お、おう。そら可愛《かわい》いだろ。自信持っていいと思うよ？」

「そっかーえへへ……可愛《かわい》いかあ……」

ほっ……どうやら難を逃れたらしい。

最近の女の子はわからんなあ……最近、というかこの世界の、といった方がいいか。

いったいなにがいけなかったのか。

溶けたように、にまにまと笑う可愛《かわい》い恋海《こうみ》を見て、俺はとりあえず胸をなでおろすのだった。

# 幼馴染系ＪＤは自覚する　●○●

一目惚《ひとめぼ》れの定義ってなんだろうか。

その人を文字通り一目見て、顔が、雰囲気が、スタイルが好みで惚《ほ》れる？

もしそれこそが一目惚《ひとめぼ》れだと言われたら、きっと私は一目惚《ひとめぼ》れ〝は〟していない。

――けれど、初めて会って、会話をして、少しだけ行動を共にして。その日の別れ際《わかぎわ》にバイバイと言った時。

その瞬間に胸の高鳴りが抑えられずに自覚したこの恋は、もはや一目惚《ひとめぼ》れの範囲に入っても良いのではないかな、なんて思う。


生まれてから今日まで、そこそこな数の男の人と会ってきたし、好きになることはなかったけれど知り合った男子は何人かいた。

数は少ないものの、クラスには3～4人くらい男子がいたし、趣味でやっていたオンラインゲームにも、男性のプレイヤーがいたりもした。

けれどその内面に触れるたびに、「自分が選ぶ立場」みたいな空気を出している男連中に嫌気が差した。

男の大多数は、自分達が希少で、大切に扱われてるのが当然だと思っている。だから私達女に対して強気に出てくるし、傲慢な態度をとる。

それが、私は納得いかなかった。自分の容姿に投資もできない。特別秀《ひい》でた何かがあるわけでもない。内面がとても良《い》いわけでもない。

なのに、「選ぶのはこっちなんだ」と言わんばかりのねめつけるような視線。

「付き合ってあげてもいいよ」なんて言われた日には寒気がした。

「友達でいてやるよ」と言われた日にはムカついた。

どうしてそんな譲歩なぞされなければいけないのかが、私には全然わからなかった。

「はあ……」

大学の1限目の授業が終わって。机の上に突っ伏した私——五十嵐恋海《いがらしこうみ》は、思わずため息をついた。

「どしたの恋海《こうみ》～？　朝からため息なんかついてたら、今日の5限までもたないよっ」

「もつ気がしないよ……」

一緒に授業を受けていたみずほ……戸ノ崎《とのさき》みずほが顔を覗《のぞ》き込んでくるけれど、今はそれに応える気にもならない。

「せっかくそんな可愛《かわい》いのにそれじゃモテないよ恋海《こうみ》！　私達の夢見たキャンパスライフのためにも、頑張っていかないと!!」

「朝からテンション高いねみずほ……」

「そりゃそーよ！　この入学したてがチャンス……！　イケメン捕まえるぞ〜！」

私の友人であるみずほは、いわゆる面食いだ。

イケメンが好きで、イケメンを見つけるとすぐにコンタクトをとりにいくタイプ。それで良く玉砕もしている。同性として仲良くしている分には本当に良い子なんだけど……。

だいぶ教室内も人が減ってきたので、そろそろ教室を出ようかと重い腰を上げたその時。

一瞬だけスマホを見ていたみずほがちょいちょいと手招きしてきた。

「そういえば恋海《こうみ》はバドサーだと誰狙い？」

「え……？」

「え？　って。いやほら狙いくらいいるでしょ？」

みずほと私は同じバドミントンサークルに所属している。確かに素敵な人がいれば良いなと思ってサークルには入ったから、下心がまったくなかったかと言われれば否定はできない。

けれど。

「あー……今んとこ、いない、かなあ」

「えー⁉　マジ？　けいとさんとか結構イケメンじゃない⁉」

「そう、だねえ……」

「恋海《こうみ》めちゃくちゃ可愛《かわい》いのに意外とがっつかないよねえ？　もっとがっついていかないと！

余っちゃうぞ〜！」

『余る』、か。

　みずほの言う事はたぶん間違っていないのだと思う。男の人の方が少ないわけで、国は一夫多妻制を導入するとか言っているけれど、世の中の人たちがはいそうですかと自分の価値観をすぐに変えられるとも思えない。

　であれば、私みたいな人間は文字通り余るのだろう。「選んでもらおうと努力しない女」は。

　またなんとなく、ため息が出た。


「げっ」

　２限の教室に向かうべく、校舎内を歩いていると、スマートフォンに大学からメールが来ていることに気付く。

『２限の１０４教室の授業は本日教授が体調不良のため休講となります』

　随分と急な連絡だった。

「休講かあ……誰か今空きコマの友達いたかな……」

　さっきまで一緒だったみずほは違う授業に行ってしまった。

　他の仲の良《い》い友達も、まだ大学に来ていなかったり、授業中であるのがほとんど。

　お昼にするには、まだ少し早いし……どうやら１人で時間を潰すしかないようだ。

「あっ……ん?」

外からの日差しが眩しい。まだ春とはいえこうも太陽が出ていると暑さを感じずにはいられない。

今日はショートパンツにして正解だったな、と思い、用意しておいたお気に入りの黒いキャップをリュックから取り出そうかと思ったその時。

「やべ――……マジでどの授業とったらいいかわからん……大学生活もう終わりや……」

ふと、校舎の廊下に設置された長椅子が目に入った。そこには、ノートパソコンを開きながら頭を抱えている青年が1人。

特別、顔が良《い》いか、と言われたら、わからない。カッコ良いとは思うが、それこそ芸能人クラスとかそういう感じではないと思う。なのに。気付いたらその青年の方に、足が向かっていた。声を、かけてしまっていた。

「あのー……もしかして履修登録、ですか？」

「え⁉……あ、そうなんです。ちょっとワケあって入学手続きが遅れちゃって……」

ドキっとした。この男性はあまりに自然にこちらに笑顔を向けてきたから。こんな純粋な男性の笑みを見たのは、いつぶりだろうか。

身長は高すぎるほどではないが、平均以上くらいにはありそうですらっとしていて。

髪型は黒髪の緩いパーマ。半袖の白いシャツの上から、小麦色のベストを着ているのがとても清潔感がある。

それにこの、人の良さそうな笑み。

自然と心臓の鼓動が少し速くなった。

「も、もしよかったら、お手伝い、しますよ？」

ヤバイ！　ちょっとどもっちゃった！

キモがられても全然おかしくない。私の顔からサッと血の気が引く。

急に話しかけられて手伝いましょうか？　って冷静に考えたらナンパ以外のなにものでもないか……？

「え！　いいんですか？　あれ？　けどもう2限始まっちゃう……」

……引かれて、ない？　というかもしかして、承諾された？

慌てて私は会話を続けた。

「あ、いえ！　私、2限休講になったんで、ちょうど暇だったんですよー」

「マジですか！　めちゃくちゃ助かります！　ありがたい～」

その瞬間。彼が座っていた長椅子の位置から、ひょいと横に移動した。

……え？　隣座って良いってこと？　……え？

あまりのことに思考回路がフリーズする。

「俺学部学科ここなんですけど～」

え、なんか普通に話始まってるんだけど？　え、座って良いってことだよね？　私なんか致命的な勘違いとかしてないよね？

いざ隣に座ったら、え？　みたいな顔されないよね？　そんなことになったら良い歳《いいとし》こいて公共の場で泣いちゃうかもしれないよ？

「……あれ？　どうしました？」

「あ、あああ！　なんでもないです！　いま、いま座りますねあはは」

き、緊張する。こんな近くに男の人がいるなんて、何年振りだろう。

心を落ち着かせるために深呼吸してから隣に座り……そして、パソコンの画面を見て気付く。

「あ……学部学科一緒です」

「え！　そうなんですか？　直接の先輩に助けてもらえるとかありがたすぎるー」

ん？　先輩……？

あ、そっか、私声をかけたから、上級生だと思われてるのか。あれ？　じゃあタメ語の方がいい？

けど初めましてでタメ語とか使ったら馴れ馴れ《なな》しすぎるかな……。

「あ、ごめん、私も、1年なんだ、けど……」

ってていうか1年のくせして履修登録手伝うよとか生意気すぎた？　下心で声かけたって思われるかな……。

ダメだ、頭がぐるぐるしてきた……。

「な――」

ぽかん、とした彼の表情。

あ、終わったかも――。

「なんだ1年だったのか！　いや同級生の知り合いいなくてさ！　めちゃくちゃ助かるよ！　俺片里将人《かたさとまさと》！　君は？」

彼は、心の底から嬉《うれ》しそうだった。

わからない。彼がとんでもない演技の天才とかであればわからないけれど、少なくとも私にはそう見えた。

彼に見えないように、太ももをつねる。

これ以上醜態は見せられない。早鐘を打つ心臓を無理やり抑えつける。ここからは、好印象上げていかなきゃ……！

「私は五十嵐恋海《いがらしこうみ》！　よろしくね！」

笑顔も忘れない。他の皆に見せるよりも、より一層良《い》い自分を作り上げるんだ……！

「五十嵐《いがらし》さんね。おっけー！　早速なんだけどさ、マジでどの授業とれば良いかちんぷんかんぷんで……」

彼……片里将人《かたさとまさと》君は本当に困っているようで、パソコンの画面をスクロールしている。

時間割は確かに真っ白のままだった。

(……え、ちょっと待ってこれめっっっちゃチャンスなんじゃない?)

将人《まさと》君と私は、学部も学科も一緒。つまりは、とるべき授業は一緒であるということだ。

じゃあもう、全部私と同じ授業をとってもらえば、毎日、彼と授業を受けることができる
……?

「……五十嵐《いがらし》さん?」

「ッ……!」

横に座る彼を見たら、あまりの距離の近さに目が眩《くら》んだ。

胸は焼けるように痛いし、さっきから汗が止まらない。

けど今は我慢だ。

これから先の輝かしいキャンパスライフのためにも……!

「あー……片里《かたさと》君がもし、もしよければなんだけど、私と授業一緒でも、いいかなーって」

え? でもこれヤバくない? 普通に考えたら固定で1人の女と毎日会わなきゃいけないのってもしかして地獄?

まずい、言い訳を、言い訳を考えないと……!

下心ないですアピールをしないと……!

「あっいや、ほら! 私さ、他の授業とかあんま詳しくないケド、自分のとってるのはだいいた

いわかるから？　それにもう授業2回くらいやってるやつもあるし、前回の配られた資料とかそのへんも見せられるかもしれないし色々お得かなって思って」

お得かなってなんだよ！

私は自分の早口の気持ち悪さに若干引いた。そしておそるおそる、彼の表情を窺《うかが》う。

「五十嵐《いがらし》さんもしかして――」

あ、終わった。今度こそ終わった。

俺のこと狙ってるの？　とか言われて終わりだ。対戦ありがとうございました。終戦。しゅうまい。まいまい。短い間だけど夢が見られてわたし幸せでした。

「天才か？」

ゑゑ？

「え、ほんっとたすかる。でもいいの？　五十嵐《いがらし》さんにメリットなさ過ぎない？」

「い――いやいやいや！　めちゃくちゃある！　めちゃくちゃあるから大丈夫！」

あなたと過ごせる大学生活！　もうそれだけでメリット通り超えてラックスだから。は？意味わからないけど？

多分私の目は今漫画化できるならぐるぐるおめめになっているはず。自分で何言ってんのかわからなくなってきちゃったよ！

「そ、そう？　それならいいんだけど……え、じゃあ時間割見せてもらってもいいかな？」

「うん！　もちろん！」

すぐさまスマホを開いて、時間割を出す。

「え〜っと、月曜日1限がこれで、2限がこれ、3限が……」

目の前で、授業がどんどんと埋まっていく。私と同じ時間割。

え？　もう実質これおそろっちってこと？　ペアルック始まった？

ダメだ本当に頭おかしくなる……。


「いやー助かったよ！　ありがとう！」

「いえいえ！　助けになれたならよかった！」

30分ほどだっただろうか。私にしてみれば一瞬だった。

それだけ彼……将人《まさと》との会話は楽しかった。途中自分でも何言ってるのかわからないくらい緊張したけど。

「じゃあ俺は一旦帰るわ！　まだ学生証届いてないから、授業出ても意味ないしね」

「そっか！　じゃあまた授業出られるようになったら、教室で会おうね」

そっかーこれから毎日会えるのか……ヤバイ、自然とにやついてしまう。火照《ほて》る身体《からだ》を自覚しながら、彼に手を振って別れを告げたのだが。

こちらに背を向けて歩き出したはずの彼が、何故《なぜ》かこっちに戻ってくる。

どうしたんだろう。忘れ物……？

「どうしたの？」

「あ、いやーそのーなんと言いますか……五十嵐《いがらし》さんに、お願い、というかそのー……」

頬をかきながら、何かを言いにくそうにしている。

お願い？　私にできることならなんでも聞きますよ？

既にるんるん気分だった私は、そんなことを思っていた。

しかし彼は次の瞬間、意を決したように、私の目を真っすぐに見たのだ。そして私は多分、この時言われた言葉を一言一句、生涯忘れないと思う。

「よかったらさ、俺と友達になってくれないかな」

『付き合ってやってもいいぞ』

『友達でいてやるよ』

『友達になってやろうか？』

『話してやってるんだから感謝しろよ』

過去自分が男から投げられた言葉が頭の中をリフレインする。そしてそれら全てが、はじけて、飛んだ。

自分の中が何か一色に塗り替えられていくような、そんな感覚。周りの景色も。音も。なにもかも聞こえなくなって。

今目の前にいる彼から、目が離せない。

「もちろん、だよ」

やっとのことで絞り出した、声。

すると目の前の彼は、またあの人の好《よ》い笑顔で。

「やった！　ありがと！　友達1人もいなくてさー！　じゃ、行くね！　五十嵐《いがらし》さんのおかげで、大学ちょっと楽しみになってきたわ！」

楽しそうに去っていくその背中を目で追って。

見えなくなって。

私はその場にうずくまった。

ぎゅう、と強く胸の辺りを押さえる。

けれど、抑え込めたりなんかできない。

溢《あふ》れ出《だ》したこの感情の波を抑えることなんてできない。

(無理。なにこれ。王子様じゃん、こんなの)

理想そのものだった。

内面も、外見も、雰囲気も。要素全て。

私の中の優先順位が、ものすごい勢いで変わっていくのがわかる。

鼓動が、鳴りやまない。

「は――っ……！　は――っ……！」

絶対に欲しい。

もう彼以外考えられない。彼の全てが欲しい。

「将人《まさと》……君」

運命の人の名前を、私は何度も何度も頭の中で繰り返した。

# バスケ部ＪＣはたまに変 ●○●

大学の授業を終えて。

今日は2、3限だけだったので時刻は15時過ぎ。

もう夕方に差し掛かろうかという時間なのに、春らしからぬ日差しは容赦なく地面を照り付けている。丁度良《い》い春の気候はいったいどこに行ってしまったのだろうか。

まだバイトには時間があるし、俺は金曜日のルーティンを行うべくいったん帰宅してから近所の公園へと足を運んでいた。

暑さのピーク時刻を過ぎたとはいえ、まだまだ暑い。

黒地に青色のラインがあしらわれたリュックからタオルを取り出すと、軽く汗を拭いた。

目的地まで、あと少し。

「うっし。着いた着いた」

草木が生い茂り、いつ来ても空気が美味《おい》しい公園。その一角にポツンと置いてあるのは、バスケットボールのゴールリング。

「この世界、あんまり気軽にスポーツできないのが難点なんだよなあ……」

転移前から俺はスポーツがそこそこ好きだった。

身体《からだ》を動かすのが好きだし、中でもバスケと野球は割と本腰を入れてやっていた節もある。

だからこっちに来てからもたまにやりたくなるのだが……。

「地域開放は女の人だらけでちょっと入りにくいし……サークルもちゃんとスポーツやってんのか怪しいし……」

恋海《こうみ》が入っているバドミントンサークルを以前見学させてもらおうかと思ったのだが、何故《なぜ》か恋海《こうみ》からやめておいた方がいいと強く言われてしまった。

大学で彼女以上に仲の良《い》い友人はいないし、彼女にやめた方がいいと言われたら従うほかない。

「まあここでなら気にせずできるし、なにより人が少ないのがいいな」

休日は先客がいることも多いこの公園だが、平日であれば人は少ない。リュックをベンチに置いて、バスケットボールを取り出す。

2回、3回ほど地面に落として、空気が抜けていないかを確認。

「……よし」

しっかり家で空気を入れてきたから、問題なさそうだ。地面に弾んで返って来たボールが、良く手に馴染《なじ》んだ。

リングに向けて、今日1本目のシュートを打とうとした、その時。

「お、お兄さん！」

「んあ？」

今まさに〝左手は、添えるだけ〟のフォームをとっていたのだが、後ろからかけられた可愛《かわい》らしい声に、動きを止める。

そこには、いかにもバスケをやりにきましたという格好《かっこう》の少女がボールを脇に抱えて仁王立ちしていた。

瑞々《みずみず》しいショートの黒髪に、青い綺麗《きれい》な花柄のヘアピンがコントラストとして効いている。黒を基調とした動きやすそうなシャツに、ピンクのラインが可愛《かわい》らしさと女の子らしさを演出していて。

俺の胸のあたりくらいしかない身長なのに、頑張ってこちらを見下ろそうとしているかのような、可愛《かわい》らしい立ち方。

「きょ、今日こそは勝ちます！　そして、この場所を……渡してもらいます!!」

「来たな～ちびっこ」

「ちびっこじゃありません！　由佳《ゆか》は中学生になりました!!」

このちびっこ……前田由佳《まえだゆか》との付き合いは、俺が転移してきた直後までさかのぼる。

どうしてもバスケがしたくなった俺が、ボールを購入し近所でバスケができるところを探していて、ここを見つけた。

それから頻繁にここに来るようになったのだが、どうやら由佳《ゆか》はだいぶ前からここでバスケをしていたらしく、同じく夕方に利用する俺と、時間がバッティングすることが増えたのだ。

最初は、「良かったら使って、もう帰るから～」といった俺からの一方的なコミュニケーションだったのだが、ある時「一緒にバスケしませんか？」と向こうから声をかけてきてから、距離がだいぶ縮まったように思う。

そしていつからか、何故《なぜ》か「勝負に勝ったらこの場所の所有権を得る」という話になってしまったのだ。……いやここ公共施設なんだが。

「きょ、今日こそはこの場所を返してもらいます……！」

けれどこの少女とのやりとりが、俺は嫌いではなかった。

「はっはっは、俺に一度でも勝ったことがあったかな少女よ～」

「きょ、今日は秘策があります！」

初めて会った時は小学6年生で、今は中学1年生。

流石《さすが》に大学1年の俺が負ける理由はない。

そもそもバスケットボールは『身長』という絶対的な壁がある以上、由佳《ゆか》が俺に勝つことは基本的に難しいだろう。……だが。

（この子マジでめちゃくちゃ上手《うま》いんだよな……）

この世界の基準はよくわからないが、由佳《ゆか》はとにかくバスケが上手《うま》い。

プロスポーツも女子の方が盛り上がっているような世界だから、女子の方が上手《うま》いという認識がもしかしたらあるのかもしれないが、この子はそれを抜きにしても上手《うま》すぎる。

今は身長差というとんでもないズル要素を使って勝ちを拾っているが、成長期を終えて身長が平均位まで由佳《ゆか》が伸びたらもうわからないだろう。ってか間違いなく負ける。

「な、なにをボーっとしてるんですか！　１ｏｎ１や、やります、よね？」

由佳《ゆか》はよく強気なんだか弱気なんだかわからない姿勢になる。無垢《むく》な翡翠《ひすい》色の瞳が、力なく揺れていた。おそらく、年上の異性との距離感を掴《つか》みかねているのだろう。まあそこが可愛《かわい》いんだけど。

「いいぞ～。けど、ちゃんと準備運動しろよ？　怪我《けが》するぞ？」

「あ、当たり前です。それくらい、もう終わってます」

「え？　君今来たよね……？」

いったい彼女はどこで準備運動をしてきたと言うのだろうか。

「いいから、や、やりますよ!!」

彼女は持ってきたボールを手に取り、こちらにバウンドパス。

と同時に、ディフェンスの姿勢を取ってきた。どうやら先攻はこちららしい。

ボールのサイズは流石《さすが》に由佳《ゆか》に合わせて、彼女のものを使っている。

大人用だと、ちょっと中学生女子には大きすぎるからね。

「急だなあ……んじゃいくぞ～」

俺はボールを受け取り、ドリブルで由佳《ゆか》との距離を詰める。多少ボールが小さくなったところで、ハンドリングに問題はない。

すぐさま俺は、由佳《ゆか》の左側にカットイン。

「行かせません……！」

彼女の驚くべきところは、そのアジリティ。

左に進路をとった俺の目の前へ、素早く移動。進路を塞いでくる。

「ここまでで大丈夫ですっと！」

「あっ！」

しかし俺は彼女がこの程度ならついてくることをわかっていた。それなりに１ｏｎ１してるし。

俺が選択したのは急加速からの急ストップ。そしてそこからのシュートだ。俺は即座にシュートモーションに入り、ミドルレンジからシュートを決めた。

「よーしこれで先制な～……ん？　由佳《ゆか》ちゃん？」

無事ゴールに入ったボールを拾って由佳《ゆか》に返そうとすると、由佳《ゆか》がその場で固まっていた。

そういえば目の前でジャンプシュートを打ったのだから、止められないにせよジャンプしてブロックに来るかなと思ったのだが、そういった動きもなかったように思う。

「……どした？」

「はぇ……」

心なしか顔が赤い。ん？　もしかして体調悪いのか？

「おい、顔赤いぞ？　熱中症なんじゃないか？　ベンチで休むか？」

「あ、ああああ!?　違います違います！　大丈夫です！　は、はやくボールをください！　すぐ同点にしますから！」

パタパタと急ぎ足でスタート地点まで戻る由佳《ゆか》。いったいなんだというのか。

ボールをバウンドパスで由佳《ゆか》に渡し、今度は俺がディフェンス。

油断してるとマジで簡単に抜かれかねないので、姿勢を低くして由佳《ゆか》のドライブに備えた。

「いきますよ……っ！」

そう言うが早いか、由佳《ゆか》は俺の左側に鋭角に切り込んできた。

由佳《ゆか》の得意とする、利き手《きて》側のドライブ。

「それは知ってるよっと」

迷いなく俺はその進路を塞ぐ。由佳《ゆか》が得意なパターンなぞ、何度もやられて頭に入っているからだ。

しかし。由佳《ゆか》はその右手側のドライブから、一気にクロスオーバー……左手側に重心を動かした。

（やっぱり、速い……けどそれもまだ知ってる！）

由佳《ゆか》が一度で抜けなかった場合のテクニックの一つ。それがこのクロスオーバーだった。

いきなり逆側への重心になるのだから、初見での対応はかなり難しい。

けれど、これも俺は見たことがあった。

「それでこそお兄さんです……！」

しかし今日の由佳《ゆか》には、その先があった。

「なっ……！」

クロスオーバーで切り返した後、由佳《ゆか》は俺に既に背を向けていた。

（……ロールか！）

相手を背にして、回転を利用して抜き去る技術……ロール。

由佳《ゆか》は見事にそのクイックネスで俺を瞬時に抜き去る——はずだった。

「あっ……！」

やっぱり、準備運動不足だったのだろうか。

ロールした際に足がもつれ、由佳《ゆか》の体勢が崩れる。

「……よっと！」

我ながら良《い》い反射神経だった。

倒れそうになる由佳《ゆか》を横から飛び込むように支えて、彼女が地面に激突する前に、俺がクッションになることで彼女を衝撃から守る。

視界が反転して、ぐっ、と目を閉じる。

背中に感じた重い衝撃に思わず顔が歪《ゆが》むが、それも一瞬。

「ってて……大丈夫か？　由佳《ゆか》」

「……」

てんてん……とゴールの方に転がっていくボールが弾む音だけが響いた。

「由佳《ゆか》……？」

今の体勢は、非常によろしくない。

完全に俺の上に由佳《ゆか》が乗っかってしまっている。

……こいつ良《い》い匂いすんな。

はっ！　まずい！　これでは俺がロリコンの性犯罪者みたいじゃないか！

「はわ……」

「……はわ？」

彼女は軽いので全然苦ではなかったものの、そろそろどいてくれないとまずいのだが……と思っていたら、ようやく由佳《ゆか》が反応を示す。

「はわわわわわわ」

「え、どうした⁉」

由佳《ゆか》の顔が真っ赤になったかと思うと、なんかショートした電子機器みたいになってしまった。

俺に乗っかったまま。

「なんだってんだ……」

仕方なく由佳《ゆか》をそのまま背負い、木陰のベンチへと運ぶ。

仰向けに彼女を寝かせて、枕代わりにタオルをたたんで置いてあげた。

こうしてみると、本当に顔立ちが整っている。まつ毛は長く、きめ細やかな肌が瑞々《みずみず》しい。

今はまだ幼さが先に出るが、将来とんでもない美人になるんじゃないかと思わせるくらいだ。

（って、何冷静に分析してんだ……）

彼女のことを俺はまだあまり知らない。

もしかしたら彼氏がいたっておかしくない年齢なんだ。最近の中学生、ませてるからな（確信）。

「……シューティングするか」

しばらくはリュックに入っていた下敷きを団扇《うちわ》代わりに彼女に風を送っていたものの、そのうち顔の赤いのも治ってきたので、俺は1人シューティングに向かうことにするのだった。

# バスケ部ＪＣは意識する ●○●

私はバスケットボールが好き。

元々身体《からだ》を動かすのが好きだったし、ボールがゴールに入った時のスパッっていう音が気持ちよくって、すぐに私はこのスポーツに夢中になった。

——けど、少し夢中になりすぎちゃったのかもしれない。

「由佳《ゆか》っちお疲れ～私帰るね～」

「あ、うん！　ばいばい！」

小学校の体育館。

春休みなこともあって、今の時期は卒業生である私達に自由に開放してくれている。それならばと、友達とバスケをしていたけど……。

皆昼過ぎには帰る感じに。

（仕方ないよね）

本当はもう少し練習したかったけど、皆に合わせるのも大事だから。

私もしぶしぶ帰り支度を整えた。

「えっ！　りかって、しょうや君と付き合うことになったの⁉」

「卒業式に告白したらOKもらえちゃって～！」

帰り道、皆は男子との恋愛話で大盛り上がりだった。

「え？　でもしょうや君ってすずかと付き合ってなかったっけ？」

「別れたんじゃない？　まー最悪別れてなくてもいっかなーって感じだけど！」

恋をする、告白する、付き合う、恋人同士になる。

その事自体に憧れはあれど、私にはそうなりたいと思う相手がいない。

クラスにもバスケ部にも男子自体はいるけれど、全然魅力を感じない。

「……？　なにボケっとしてるのよ由佳《ゆか》。あなたは誰にも告白しなかったの？」

「え？　私？　うーん、好きな人も、いないから……」

本当のこと。

同級生の男子は、皆子供だし、なのになんか上から目線が多くて、苦手……。

「由佳《ゆか》ったら本当にバスケバカなんだから～」

「すごいよね、私もちろんバスケしたかったからバスケ部入ったけど、正直言うと男子狙いだったところもあるし」

「それ言っちゃう？　まあ私も多少は期待してたけど！」

バスケは、男子もやる人が一定数いるスポーツ。

他クラスの男子との交流を狙って、バスケ部に入る人がいる……というのを聞いてとても驚いた。

でも、私はシンプルにバスケがしたかったし、皆には言わなかったけど試合にももっと勝ちたかった。

そんな性格なのを知られてるから、どうせ私にこの手の話題は振られない……そう思っていると。

「でもねー由佳《ゆか》はバスケバカに見せかけて、実はむっつりだから」

爆弾が投下された。

「なっ……！　ち、違うよ⁉」

「隠さなくていいよ～由佳《ゆか》がむっつりなの皆知ってるから」

「そ、そんなことないよ！　普通！　普通だってば！」

周りを見渡せば、うんうんと頷《うなず》く友人達……。え?!　んでそんな皆知ってるよみたいな雰囲気出してるの⁉

「え～？　だって由佳《ゆか》授業中えっちな本読んでニヤニヤしてるじゃん」

「⁉」

「ねーそういえば由佳《ゆか》の家遊びに行った時、ベッドの下になんか怪しいものが」

「わーわー！　やめて！　本当に！」

頭が沸騰しそう！

私だって女の子だし、男の子に興味くらいはそりゃあるよ！

「こりゃむっつりですわ」

「むっつり由佳《ゆか》っちだね」

「やめてよもー……！」

人並みだよ人並み！


「じゃあねー！」

「また中学校でねー！」

友達に別れを告げる。

だいたいの友達は同じ地元の中学校に行くから、卒業しても離れ離れにはならない。

「うーん……」

手を振った後、その右手を開いたり閉じたり。

正直まだ、動き足りないんだよね。そう思って空を見上げれば、まだ青空が眩《まぶ》しいくらいに広がっていて。

「公園、行こうかな」

私はそのまま、よく行く近所のバスケゴールがある公園に向かうことにした。

ダム、ダム、ダム。

バスケットボールが地面を跳ねた時に鳴る音が、好きだった。

けど、まだ私が目的地についていないのにこの音が聞こえてきたということは……先客がいるということ。

（この時間に人がいるの珍しいな……）

先客がいるとわかったからって、おずおずと帰るわけにもいかない。

2人くらいであれば、代わる代わるシュートも打てるし、何も問題はない。そう思って、足を進めると。

バスケをしている人の様子が見えてくる。

「……男の、人？」

バスケをしていたのは、男の人だった。

おそらく、高校生か大学生くらい。

存在自体は、そこまで珍しくない。けど男の人が1人で練習している、という状況は、珍しいかも……？

コートの近くまできて、顔が見えるくらいの距離まできた。そして……私は人生で一番の衝撃を受けた。

「ふっ……！」

ドリブルが速い。手に吸い付くかのようなハンドリング。クロスオーバー、バックビハインド。私が習得したい技術の数々。

そしてその後、ゴールに風のように向かって行き……。

「よっ、と」

レイアップシュート。それも前からじゃなく、ディフェンスがいた想定で裏からの、バックレイアップ。

「……！」

思わず目を奪われた。

上手《うま》いプレーは動画とかで見てきた。けれど、全然違う。男の人が、ここまで華麗にプレーするのを目の前で見るのが、初めてだったから。

カッコ良い、と素直にそう思った。

「ん……？」

目が合った。

顔立ちも整ってて、綺麗《きれい》なお兄さんだった。急に、胸がどきどきする。

「あ、僕もう帰るんで、どーぞ使ってください！」

「……え？　あっ、はい、ありがとうございます……」

もう帰っちゃうの⁉

はっ、私が来たからか。こんなボール小脇に抱えて突っ立ってたら、そりゃバスケしにきたってわかるよね。

そうしている間にも、お兄さんは自分のボールをリュックにしまって、帰り支度を整えている。

なにか、なにか声をかけたい。

今を逃したら、二度とチャンスなんてこないかもしれない！……一度でいいから、話してみたい……！

「あ、あの！」

「……？」

お兄さんがこちらを向いた。

……でも、なんて声をかけたら？

カッコ良かったです？　いやそんなこと言ったら引かれるに決まってる！

連絡先教えてください？　下心丸出しだよそんなの！

私と一緒にバスケしてください？　いやいや初対面でそれは無理があるよ～！

「な、なんでもないです……」

「？　そう？　じゃあ俺、帰りますね！」

ああ……やっちゃった。

ちょっとお話ししたかったのに……。

お兄さんはどんどんと離れていって、やがて見えなくなった。コートに残されたのは私１人。

急激に火照《ほて》った身体《からだ》が、冷めていくのがわかる。

とくん、とくん、と自分の心臓が鳴っている。

カッコ良かった。

けど、それだけじゃない。あの人のもつ雰囲気が、声が、全て自分に突き刺さったような感覚。

「なんで……声かけられなかったんだろ……私のバカ」

自分の無力さを呪いながら、ぽつりと私は呟《つぶや》いた。


でも私は当然のように諦めなかった。

諦められるわけないよね！　私は前田由佳《まえだゆか》、諦めの悪い女なんだから！

今日こそあのカッコ良いお兄さんに会うんだ！

「じゃ、私帰るね！」

「え⁉　由佳《ゆか》ちょっと今日部活説明会があるって！」

「どうせバスケ部だからいいや！」

あれから私は、時間の許す限りあの公園に行っていた。

会えたのは午後3時過ぎくらい。既に結構練習していたようだったし、もう少し早めに行けば会える可能性が高い！

あれから毎日行っているけどあのお兄さんに会えてはいない。

だけど今日はあの会った日と同じ金曜日だから、確率としては高いはず！

「由佳《ゆか》どうしちゃったの最近？」

「アイドルのおっかけでもはじめた？」

クラスメイトからあらぬ疑いをかけられているけど関係ない。

なにせ今私は忙しいから！


「いた……！」

時刻は14時半。

ついに……ついにあのお兄さんと再会することができた！

もう会えない可能性だって十分あった。あの時が遠くから来てたまたま寄っただけとかだったらどうしようかと思った……。

あの時と変わらないフットワーク。

シュートフォームも、とても綺麗《きれい》。

やっぱりカッコ良いなあ……。

私は意を決して、コート近くのベンチへと向かう。すると、練習中だったお兄さんがこちらに気付いた。

「あれ、たしかこの前の……」

どくん、と心臓が跳ねたのがわかる。

嘘《うそ》、覚えてくれている？　あんな一瞬だったのに？

そんなはずはないと思いながらも、覚えてくれていた嬉《うれ》しさでもう既に顔が焼けるように熱い。

今日こそは！　今日こそはせめて連絡先を、聞かないと……！

この1週間、お兄さんを探しながらも、もう会えないんじゃないかってすごく不安だった。と、いうか会えない可能性の方が高いよねってわかってはいても、諦めたくなかった。

もう会えないかもしれないというあの恐怖を、感じたくない！

「あ、あの……！」

声を絞り出す。

なにか、なにか言わないと。

「私、元々よく、ここで練習、してて」

「へえ！　そうだったんだ」

あ、あれ？　なんか全然違う事言ってない？

一緒にバスケがしてみたい。通報とか、されちゃうのかな？だから連絡先を……あーでもこれやっぱナンパになっちゃうのかな？　通報とか、されちゃうのかな？

どうしよう、なんて言えば……。

「だから、私もここで、練習、したくて」

「そっかそっか！　ごめんね、そしたら俺もう帰るからさ！」

「えっ、そうじゃ、なくて！」

いけない、大きな声が出ちゃった。でも前と同じ過《あやま》ちは繰り返したくない……！

お兄さんもびっくりしてる……。早く誤解を、解かないと。

「あ、あの、私と……」

言わなきゃ。ちゃんと伝えなきゃ……！　いつの間にかお兄さんは少しだけ屈《かが》むようにして、
私に視線を合わせてくれている。私の話を、聞いてくれている。

一緒に、バスケをって言わなきゃ、言わなきゃ……！

一気に、息を吸い込んだ。

「私と！　勝負してください！」

「ええ⁉」

1時間ほど経《た》って。

「いやあ由佳《ゆか》ちゃん上手《うま》いな⁉　びっくりしたよ」

「ありがとうっ、ございます……」

お兄さんに、まったく敵《かな》わなかった。プレーを見てたときからわかってはいたけれど、お兄さんはバスケが上手《うま》い。

同級生の男の子には負けたことなかったけれど、お兄さんにはまるで歯が立たなかった。でもそれが、良《い》い。むしろそれで良《い》い。

勝負はとても楽しかったし、勝負の合間に名前を聞けた。片里将人《かたさとまさと》。それがこのお兄さんの名前。

それにもう一つ。

「はっはっは！　でもまだ俺には勝てなかったなあ～。約束通り、ここで俺はまだ練習しても良いってことかな？」

私が全力で挑んで、そして負ける限り、お兄さんはまたここに来てくれると約束できたから。ちょっと歪《いびつ》だけど、私とお兄さんだけの約束。

そう思うと自然と胸がきゅっとする。

腰掛ける。

「次、次こそは、負けません」

「はっはー、息上がってるぞー？　由佳《ゆか》ちゃん水分補給しな？」

確かに、まだここに着いてから水分補給をしていない。促されるまま私はベンチへと向かい、腰掛ける。

そしてリュックから水筒を……。

「あれ……？」

水筒が、ない。学校に忘れたか、それとも家か……。

「どしたの？」

「あ、いえ、水筒、忘れちゃったみたいで」

「あら」

「でも大丈夫です！　お小遣いあるんで、買ってきます！」

幸い、財布の中には小銭が何枚かある。自動販売機が近くにあるし、これでスポーツドリンクを買うことにしよう。

「え、もったいないじゃん。俺のでよければ、あげるよ。はい」

「……え？」

立とうとしたその時、お兄さんから手渡されるペットボトル。受け取ってみると、その中身は、〝減っていた〟。

それが意味するところは、もう既に開封済みということ。つまりは、お兄さんが飲んだ後。

……え？

これって間接キスでは？　いやそうだよね？

うそうそうそむりむりむり、けどダメだ！　気にしてることがバレたら引かれる！　飲みたい！　ものすごく飲みたい！　色んな意味で！　けど意識してるのバレたら二度と会ってもらえないかもしれない！

すぐに！　迅速に！　飲まなきゃ！　自然に！　できれば自然に！　落ち着け私っ!!

「あああああああありがとうございます」

「どうした!?　顔真っ赤だけど!?」

余裕で無理だった。手が震える。

キャップを外して、これを、早く、飲まなきゃ。

唇に徐々に近付ける。心臓の鼓動がうるさい。

熱い。熱い。心臓が熱い。

あれ、視界、が……。

「うにゃあ……」

「由佳《ゆか》ちゃん!?　ええ!?」

意識が遠のく……ああ……私の間接キスが……。慌てた様子のお兄さん……将人《まさと》さんの様子を見て、私は思った。
人を好きになるって、しあわせだなあ。って。
きっと初めて会った時から既に。
私の心はもうどうしようもなくこのお兄さんに摑《つか》まれてしまったのだ。

DUNK

# ツンデレ系ＯＬは優しい人

由佳《ゆか》とバスケをした後、今の時刻は18時ちょっと前。

春にしては暑い日も、陽が沈んで暗くなってくれば話は別。辺りも暗くなり、涼し気な風がすぐ横を吹き抜けた。

あの後起きて高速で謝ってきた由佳《ゆか》に「これ使っていいから」と枕代わりにさせていたタオルを押し付けて帰宅した後。

シャワーで汗を流してから俺はバイト先へと向かう。

バイト先へは、家から歩いて10分ほど。

比較的過ごしやすい気温になったこともあってか、10分ほど歩くのはむしろ風が気持ち良いくらいの感覚だった。

「さて……働きますか……」

到着した俺のバイト先。看板にはネオンで『Festa』の文字。

やたらときらびやかな店の装飾が未《いま》だに俺は苦手だった。

「お疲れ様で～す……」

裏口から入り、休憩室に顔を出す。

「おお～将人《まさと》待ってたぞ！」

「まさちんよっす～元気元気～？」

気さくに声をかけてくれるのは、この世界では珍しいとされている、男だ。

たまにしか話せない（別に大学にいることはいるのだが）同性とのコミュニケーション……ではあるのだが。

見渡す限り、金髪、茶髪、銀髪。

眩《まぶ》しいネックレスやら装飾品の数々。

指輪それ何個つけてるん？　と言いたくなる手。とにかく眩《まぶ》しい。着飾るにしても度合いがすぎてるだろと言いたくなるほどに。

しかしそれには理由があった。その男性の先輩達には、胸にネームプレートのようなものをつけていて。

そこには「ゆうせー」だの「かずと」だの「しょーご」だの。平仮名で書かれた『偽名』。

「あはは……まあなんとか、元気っす」

鞄《かばん》を自分のロッカーに入れながら、先輩達に挨拶を返す。そう、ここが俺のバイト先……。

ガールズバーならぬ、ボーイズバー『Festa』だった。

何故《なぜ》俺がここで働いているのかといえば、理由は簡単。ここが藍香《あいか》さんの経営しているバーだからだった。

藍香《あいか》さんは俺の生活の面倒を見る代わりの条件として、ここでバイトとして働くことを提示してきたのだ。

ボーイズバーというパワーワードに流石《さすが》に尻込みしたものの、転移前も接客業でバイトしてたし、まあいいかと思ってOKを出したのだが、これが結構キツイ。

仕事内容自体は、さほど難しくないし、人間関係的にも問題はない。皆良《い》い人ばっかりだしね。じゃあなにがキツいって、周りと温度が違いすぎること。

(さすがにこのうぇいな空気にはついていけないのよ……)

せっかくよくしてくれる、数少ない男の人なので仲良くしたいのはやまやまなのだが、いかんせん空気がキツイ。

これみよがしにお客様にぶりっ子……？　をしているのを見るのもつらい。

いや、仕事だからね？　仕方ないんだろうけど……。

更に俺は未成年だから、お酒を飲むことができない。お酒の提供こそすれ、俺は飲めないのだから雰囲気で酔うしかない。

ということで、俺もここでバイトをさせてもらい始めたが、指名はほとんどない。そりゃそうだ。俺ができることなんて所詮愛想《あいそ》笑《わら》いと話を聞くことぐらい。一緒に楽しく酒が飲めないのだから、指名しないのも当然と言えるだろう。

見てくれも、他の人に比べて圧倒的に地味だしね。

先輩方の方がよっぽどサービスできているので、俺を指名するような変わり者は、まあ、少ない。

少ない方が助かるけど。

「はいはい、じゃあもう開店だから！　将人《まさと》は最初は受付とホール！」

俺より年が4つくらい上のゆうせーさん（多分偽名）が指示を出す。

俺もそれにならって、仕事着である紺色のカジュアルめなスーツに着替えた後、受付へと向かうのだった。

19時過ぎ。お客さんも増えてきて、店内は賑《にぎ》わっている。華の金曜日ということもあって、お客さんの羽振りも普段より良《い》い。

そんな大賑《おおにぎ》わいの店内から聞こえてくるのは、数々の会話。

「ええ〜お姉さんすご〜い！」

「流石《さすが》ですお嬢様！　かっこ良い〜!!」

……。いやね？　仕方ないよ？　こういう世界だからね？

けどやっぱこう、ね？　キツくない？

もちろん男らしく（？）なスタンスで、クールな人もいるんだけど……。明らかに媚《こび》を売るタイプのスタンスの人は、見ててこう、キツいと言いますか……。

ボディタッチあからさまだし……。良《い》いんだろうか、あーゆーのは……。裏で話してて良い人だということを知っているからこそ、違和感が強い。

と、そんなことを考えながら裏から大き目の氷を持ってきてアイスピックで砕いていた俺の元に、ゆうせーさんが。

「おい将人《まさと》、指名入ったから3番テーブルよろしく」

「えっ？　マジですか？」

「マジマジ。つーかいつもの人だ。お前も常連がついてよかったじゃないか。よろしくな～」

「あー……了解、です」

いつもの人。そう言われてピンとくるくらいに良く俺を指名する人は、現状1人しかいない。というか、毎週では？　初めて接客をしてから毎週指名されてるような……。

砕いた氷をいくつかグラスに放り込み、自分用のグラスも持って、俺は3番テーブルへと向かう。

3番テーブルに行けば、既に何人かが他のお客さんの相手をしていて、1人ポツンと無駄に良《い》い姿勢で俺のことを待っている人がいた。いっつもこの人はこんな感じで緊張してる気がする。そっとその隣に座ってみれば、びくりと華奢《きゃしゃ》な両肩が動いた。

「こんばんは。また来てくれたんですね」

2つのグラスをテーブルに置き、片方のグラスへハイボールを注ぐ。

艶のある黒髪をポニーテールにまとめている。華奢《きゃしゃ》な体軀《たいく》はスーツに包まれており、その容貌はまさに仕事のできる女性、という感じだ。

この世界からすれば仕事ができる女性なんて言葉がそもそも場違いではあるのだが、俺の感覚からすればそうとしか表現ができない。

身長もそれなりに高くすらっとした印象を受けるが、きちんと出るとこは出ているのが大人の色香を感じさせる。

なんか初めて会った時よりも随分色っぽくなってないか？　と俺は思うのだが。

「た、たまたま時間が空いたのよ……」

嘘《うそ》だろうなあ～。目が泳いでいる。

っていうか毎週金曜日のめちゃ混む時間帯にそう都合よく毎回時間が空くわけない。

彼女の仕事仲間であろう人達が、にやにやしながらこっちを見ていて。

「まさとく～ん！　星良《せいら》ったらまさとくんにぞっこんだからさ！　相手してあげてよ！」

「ちょっとみきさん！」

ケラケラと笑う仕事仲間であろうみきさんと呼ばれた人は、もう酔っぱらっているのか顔が真っ赤だった。

「コホン……え、えっとね、ほんと、たまたまだから。先輩に誘われて、仕方なく。それで、私はあなたと話すのが一番マシだから、呼んだの。わかる？」

「ははは……ありがとうございます。聞くことくらいしかできない奴《やつ》ですが、僕も星良《せいら》さんの話聞くのは結構好きなので」

「……ッ！」

お酒を飲む手が一瞬止まって顔を赤らめる星良《せいら》さん。

え？　なんかまずいこと言った??

「あ、あなたね……誰にでもそういうこと言ってるんでしょ？」

「え？……いえ……僕のこと指名する変わった人なんて、星良《せいら》さんくらいですよ……？」

「……そ、そう。それならいいわ。そうよね。あなたみたいなお酒も飲まない子を指名するなんて私くらいなんだからね……」

「ほんとそうですよ」

つん、と明後日《あさって》の方向を見てちびちびとハイボールを飲む星良《せいら》さん。

最初に会った時は頬もやつれていて、目には隈《くま》がくっきりと浮かんでおり。瞳に生気は無かった。

(印象変わったなあ……)

以前は真っ先に体調を心配したものだけど、最近はだいぶ元気になったように見える。

ひょい、とその顔を少し覗《のぞ》き込めば、綺麗《きれい》な紫紺の瞳は生気に溢《あふ》れていた。

良かった良かった。美人さんには元気でいてほしいものよ。

「本当あのクソ上司は滅びるべきなのよ！　なーにが『そんなんだからフられるのよ』だバーカ！　ぶっ殺すぞ！」

「あはは……」

星良《せいら》さんはお酒を飲むとヒートアップする。いや本当に。もう完全にフルスロットルだ。

顔もだいぶ赤くなって、お酒はかなり回っている。

「だいたい私が担当した案件でもないのになんで私にぐちぐち言ってくんのよあのババアは本当に！」

「星良《せいら》さんはなんも悪いことしてないっすからね……」

聞き役に徹しているというのもあるが、話を聞く限り本当にクソ上司らしい。やはりこの世界でもクソ上司は蔓延《はびこ》っているのか……。

2時間ほどだろうか。星良《せいら》さんに対応し始めてから随分と時間が経《た》っている。

他のお客様はだいたい30分ほどしたら他のメンバーとチェンジして、ボーイを変えるのだが、星良《せいら》さんは無駄にお金を払って俺をキープしていた。……2時間も。なんで？？？

まあ、別に俺は他から指名がかかることもないし、店的にも嬉《うれ》しいだろうから良《い》いんだけども。

そんでもって俺としても星良《せいら》さんはとても綺麗《きれい》だし、なんか酒飲んで顔赤くなってくるとエロいし、眼福だから全然良《い》いんだけども。

「星良《せいら》～！　帰るよ～！　いつまでまさとくんといちゃいちゃしてんの！　ほら！」

「は、はー!?　いちゃいちゃしてないし！　全然そんなんじゃないし！　こんな、ひょろひょろの……ひょろひょろの……」

「はいはい。僕はひょろひょろですよ。また来てくださいね」

どうやらひょろひょろ以外の罵倒が見つからなかったらしい。あんなに上司には罵詈雑言《ばりぞうごん》ぶつけてたのに、変な人だ。

ふらつく星良《せいら》さんの手をとって、入口まで案内する。最後にこうして手をとるのも、毎回恒例のようになってきている。

会計はまとめて同僚さんが払ってくれているようだ。いつもよりもだいぶ星良《せいら》さんの足取りが怪しいので、腕を摑《つか》んで支えてあげる。

するとふと、星良《せいら》さんが僕の方に体重を預けてきた。それは町中でたまに見かける、仲睦《なかむつ》まじい男女がそうするように。

顔は下を向いているので、表情は見えない。

「……星良《せいら》さん？」

「……」

俺のスーツの袖を摑《つか》む手が、心なし強く握られている気がする。

「……ダメだから」

「……え？」

「私以外の指名、受けちゃダメだから……」

思わず、笑みが零《こぼ》れた。それは、ひどく自分勝手なお願い。

けれど、そんな無茶なお願いをしてくる星良《せいら》さんを、俺は可愛《かわい》いと思ってしまった。

「大丈夫ですよ。俺、金曜しか入ってないですし」

「……そう」

「その金曜は、こうして星良《せいら》さんがちゃんと指名してくれますし」

「……そう」

表情は相変わらず見えない。

けれど、星良《せいら》さんが少しだけ笑っていたような気がする。うんうん。たくさん笑って元気になってくれたようで嬉《うれ》しい。これがこの仕事のやりがいってやつなのかもしれない。

その後は、酔いつぶれた星良《せいら》さんを同僚の方が肩を貸す形で、星良《せいら》さんは帰っていった。

……本当にあれちゃんと帰れるのかな？　心配だ。

けどそっか。元の世界風に言うとサラリーマンが飲み会で酔っぱらって駅付近でぶっ倒れてるのと変わんないのか。

とんでもない世の中だな……。

「……将人《まさと》」

「……？　あれ、藍香《あいか》さん、お疲れ様です」

見送った後、店に戻ると神妙な顔つきの藍香《あいか》さんがいた。

「敬語はやめてって言ったでしょ……ねえ将人《まさと》、気をつけなさいよ」

「え？」

その顔がいつもより真剣だったからか、俺は若干気圧《けお》されてしまう。

「あーゆー人がね、犯罪行為とかやりかねないのよ。例えば、ストーカーとかね」

「え、ええ？　流石《さすが》にそれは言い過ぎじゃないですか？　多分僕のことなんてせいぜいバーのお気に入りの子くらいのもんじゃないです……？」

確かに、星良《せいら》さんに気に入られているのはなんとなく感じていた。そもそも俺を指名するような人は星良《せいら》さんだけだし、毎週来てるし。２時間固定だし。

けれど、そんな行為に走るほど入れ込まれているようには感じなかった。

「バカね。あなたはちょっと色々緩すぎよ。警戒しとくに越したことはないの。なんか変なことあったら、すぐに私に言いなさい。絶対だからね？」

「は、はあ……」

そんなもんなんだろうか？

星良《せいら》さんは元々他に彼氏がいたという話も聞いたし、そんなタイプには見えない。

（藍香《あいか》さんも過保護なんだから……）

藍香《あいか》さんには感謝しかないし、親愛の情も湧いてきている。けれど、ちょっと過保護すぎるのでは？　と思うこともしばしばだ。

藍香《あいか》さんは重ねるように「ちゃんと連絡するのよ」と言い残すと、胸ポケットからタバコを取り出して、店の裏口の方へと向かうのだった。


その日の、ちょうど深夜0時頃。

「ふわあ～……」

ボーイズバーでの仕事を終えて、俺は家へと帰ることにした。店を出て道を見てみれば、酔いつぶれて倒れている人が何人か見受けられる。

（金曜日って感じだなあ……）

そんな人達の合間を縫って、俺は帰路につく。俺の家は、バーのある駅からほど近い公園をつっきれば、割とすぐつくところにあった。

藍香《あいか》さんが店から近いところを用意してくれたからね。

「明日は……休みか。昼過ぎまで寝ようっと……」

今日は色々あった。だいぶ疲れたし、よく眠れそう。スマホで明日に予定がなにも無いことを確認し、俺はそっと画面を閉じる。

ほどなくして、自宅のアパートについた。お気に入りのキーケースを取り出して、家の鍵を取り出そうと……。

(……?)

その時、視線を感じた。

慌てて後ろを振り向くが、人の気配はない。

「気のせい、か」

やっぱり疲れているのかもしれない。早く寝よう。扉を開けて、鍵をかける。念のため、チェーンロックもかけておいた。

シャワーだけ浴びて、布団《ふとん》へダイブ。

シャワーを浴びている最中もなんか視線を感じて気持ち悪かったが、それも布団《ふとん》に入ってしまえばすぐに忘れることができた。

俺はこの時感じた違和感を、もっと早く警戒すべきだったとも知らずに眠りについたのだった。

ツンデレ系ＯＬは壊される ●○●

生きてる意味なんてあるのだろうか。

私――望月星良《もちづきせいら》は最近そんなことばかりを考える。

大学を卒業して就職。大学はまあそこそこな偏差値の所だったから就職活動も割とスムーズだった。

大学では女友達とはしゃいだりするのが楽しくて、割と楽しめた方だと思う。

彼氏も……一応は、いた、と思っているし。

考えれば考えるほど地獄みたいな彼氏だったが。

「はあ……死にた」

「ちょっと星良《せいら》、課長に聞こえたらどうすんの……！」

「すいません……」

今日も今日とてパソコンと向き合う。パソコンと向き合って作業するだけならいい。

問題は、上司だ。

それも、一日中同じ部屋にいる上司。

「ちょっと望月《もちづき》さ～ん？　さっきもらった書類、ここところに会社名入れてって言ったよね？

入ってないんだけど？」

「え……いや、さっき確認したら課長がいらないって……」

「は？　私そんなこと言ってないけど？　あんたが聞き間違えたんでしょ？」

「……」

毎日毎日。このちっこくて陰湿な課長にどやされて生きるのに、なんの意味があるのか。

「やだやだ。そういう聞き間違いばっかりするから、男に逃げられたんじゃないのー？」

「……ッ！」

殺意が喉から出かかって、鋼の意志でそれを制する。課長が大きな声で言ったこともあり、まわりからヒソヒソと声が聞こえてきた。

「えっ、望月《もちづき》さんって男に逃げられたの……？」

「もう去年の話だよ。就職して1ヶ月くらい。なんかそもそも向こうは付き合ってたつもりもなかったらしいよ」

「え、ひっど。なにそれ」

本当に、嫌になる。私は無言で席に着いて、言われた書類のやり直し作業にとりかかった。

大学時代、私には彼氏がいた……はずだった。

私のグループがいわゆる上位カーストに位置するグループだったこともあり、周りがそこそこ彼氏を作っている中で私だけ作れなかったから、卒業間際《まぎわ》に彼氏ができた時は本当に嬉《うれ》しかった。

人生初めての彼氏だったのだ。

そしてそんな浮かれていた私を……あいつはどん底に叩《たた》き落《お》とした。

『え……？　本気にしてたの？　ごめん無理だわ。ってか俺彼女もう2人いるし』

怒りよりも憎しみよりも先に、自分の愚かさを呪った。なんでこんな奴《やつ》と付き合えて喜んでいたのだろうか。

男なら、誰でも良《い》いと思っていたのだろうか。そんな自分に、反吐《へど》が出る。

結局2ヶ月も経《た》たずに別れて、もう一切連絡をとるのをやめた。ＳＮＳもブロックした。

それからずっと、1人だ。

一人暮らしだから、家に帰っても1人。

何の気無しに、ＳＮＳを開いてみる。

大学時代の友人達が、彼氏とテーマパークに行っただの、デートでどこどこに行っただの、その類の投稿が立て続けに並んでいる。

羨ましいとか、そういう感情もとうに無くなった。

……生きてる意味なんて、あるんだろうか。

「え？　ボーイズバー？」

「そう！　星良《せいら》ちゃんもどうかなって思って！」

今日は会社がノー残業デー。

明日が休日ということもあって、早く帰ろうと思っていた私を引き留めたのは、先輩のみきさん。

この人には何度も助けてもらっているし、頭が上がらないのだが……。

そんな先輩に、ボーイズバーに行かないかと誘われている。

「私達たまにね、こうして次の日休みの時に、行ってるお店があるの！　イケメンもいるし、良《い》いよ〜！　目と健康に良《い》い！」

「はあ……」

本音を言えば、帰って寝たい。

朝からクソ課長の嫌がらせを受けて疲れているし、心身ともに疲労困憊《ひろうこんばい》だった。

「最近星良《せいら》ちゃん元気ないから……ちょっとでも元気になれればなって……」

「……」

会社の先輩であるみきさんが、自分を気にかけてくれているのはわかる。

それを無下にするのも、悪いような気がして。

「良《い》いですよ、行きます」

「え、ほんとー⁉　嬉《うれ》しい！　きっと星良《せいら》ちゃんも気に入ってくれると思う！」

手を握られてぶんぶんと上下に振られる。

うーん、正直そういう系のお店は行ったことないし、あんまり楽しめる気がしない。自分自身がつまらない女だっていう自覚はあるし、むしろ他の皆の楽しみに水を差さないか心配だった。

「星良《せいら》ちゃんに誰ついてもらおっか！」

「え～あの人がいいんじゃない？」

「え、でもあの人指名料高いよ～。最初にするにはちょっとじゃない？」

「あんまりぐいぐい来てくれる人じゃないほうがむしろいいんじゃないかな？」

なんか私のいない所で盛り上がってる。……まあ、適当に軽くお話しして、帰ろう。そんなところで働いている人なんて、きっと女慣れしてるに決まってるのだ。話を合わせるくらいなら、してくれるだろう。


ボーイズバー『Festa』そう書かれた看板は、ネオンが眩《まぶ》しいくらいに輝いていた。

駅前から歩いて少し、割と立地の良《い》い場所が、どうやら今日の目的地らしい。

みきさんが先導して、お店のドアを開けた。

「いらっしゃいませ～！……あ、みきさん！　また来てくれたんだね！」

「ゆうせいく～んまた来ちゃった♡」

……え？

正直一発目からドン引いた。

……会話から察するに、きっとみきさんはここに良く来ているのだろう。ここではこれくらいの話し方がもしかしたら標準なのかもしれないけど……それにしたって聞いたことが無いような声音に、思わず耳を疑ったほどだ。それでもボーイさんは私の反応もまったく気にした様子もなく、私達をお店の奥へ案内してくれた。

「お嬢様5名様3番テーブルご案内です！　いらっしゃいませ〜！」

「「「いらっしゃいませ、お嬢様」」」

うわ、すごい。

受付してくれた人が声をかけると、店内のスタッフ全員から歓迎される。

その誰もが、美形揃《ぞろ》い。

……確かにちょっとだけ気分が上がる。

席につくと、全員が広いソファにそれぞれ等間隔でけっこう位置を離されて座らされた。

え？　なんで？　なんでこんな間空くん？

疑問に思った私はみきさんにちょっとだけ身体《からだ》を寄せて聞くことにした。

「え？　どうしてこんな間空けるんですか？」

「この間に、ボーイが来てくれるのよ！」

「あ、間に⁉」

どうやら、女子勢の間に男が挟まる形式らしい。

なるほど、集団で来たとはいえ、基本は1対1で話すことになるのか。

え、緊張してきたんだけど……。適当に皆と話合わせてれば良いと思ってたのに……。

「いらっしゃいみき。今日は皆普通にボーイつけちゃっていい？」

「あ、ゆうせーくん。ちょっと相談があって……」

みきさんがお店側に何かを頼んでいる。

察するに、ついてくれるボーイの相談、かな？

「そっかそっか、了解。それならじゃあ……あ、金曜日だし彼が良《い》いかも。……で、みきは？」

「ええ？　聞くの～？　私は、ゆうせいくん一筋で♡」

え、きっつー。

尊敬する先輩のこんなとこ見たくなかったなー。

「お邪魔します、お嬢様方」

ぞくぞくとお店のボーイが来て、それぞれについていく。

それにしても来る人来る人イケメンな上に、ぎらぎらと眩《まぶ》しい装飾をしているものだから、どうしても気圧《けお》されてしまう。

　私の隣はまだ来ていない。けれど、この眩《まぶ》しいくらいに着飾った男の人達を見て。こんな商売やっている人だし……きっと内面では私達のことあざ笑ってるんでしょ。なんて思ってしまって、なんて嫌な奴《やつ》なんだって自分に嫌気が差した。

　仮にそうであったとしても、嫌な顔ひとつせずに笑顔で話してくれる彼らに、非なんてあろうはずもないのに。

　どうしても最近はネガティブな方に思考してしまう。

　隣ではみきさんがゆうせい（?）さんといちゃいちゃしだしているし、周りの皆もお気に入りのボーイが来たのか既に目がハートマークになってる気がする。

　おい、私を楽しませるとかなんとか言わなかったかい。

　ひとつ、ため息をついた。……正直、楽しめる気はあんまりしていない。

　この手の男の人と、話が合う気がそもそもしないのだ。つくづく私は、つまらない女だと思う。

「お邪魔します、お嬢様」

　いよいよ声がかかって、視線を上げる。

「……！」

　その日、私は天使に出会った。

「よろしくお願いします、まさとです。お姉さんのお名前は……？」

「あ、えっと、星良《せいら》、です」

「星良《せいら》さん！　よろしくお願いしますね」

正直、イケメン度合いで言えば、さっきから来ていたボーイの人達の方がイケメンだったかもしれない。装飾も派手だったし。

けれど、私の所に来てくれた彼は……とても落ち着いていて、純朴そうな印象だった。服装も良《い》い。

下手に着飾り過ぎてなく、スーツが深めの紺で、大人しい印象でまとまっている。

童顔なのも良《い》い。ちょっと背伸びしてスーツを着ていますという感が、庇護《ひご》欲をそそられる。

「今日は、お仕事後ですか？」

「え、ええ……明日、休みだから」

彼が私のグラスに氷とお酒を注いでくれている。その間も、にっこりと笑顔を絶やさない。

「そうですね～！　明日休み楽しみだなあ。なんで金曜日の夜ってこんなにテンション上がるんですかね？」

「ふふ、そうね」

……え、今私笑った、のかな？

私の相手をしてくれる彼が、想像と全然違う、年下の子だったからだろうか。どこか拍子抜けして、さっきまでの緊張がいつの間にかほぐれていた。

「星良《せいら》さんは休日なにされて過ごす予定ですか〜？」

「そ、そうね……最近ゲームにハマってて……」

と、そこまで言って気付いた。

流石《さすが》に一発目、趣味ゲームはオタクが過ぎないか？　と。合コンでは絶対に言わないはずなのに、どうも気が緩みすぎてしまったらしい。

無難に読書とか言えばよかったかもしれない。

「え！　いいですね！　どんなゲームやられるんですか？」

しかしそんな心配は一瞬で杞憂《きゆう》だとわかった。

顔色を全く変えず真正面から私を見てくれる彼の表情を見て、そもそもここは私が楽しむために来ているのだし、そんなことを気にするのは野暮か、と思い直した。

彼は一瞬たりとも怪訝《けげん》そうな表情を浮かべることなく、私の話に食いついてくる。

「ええ、そうね、ＲＰＧとか、町育成するタイプのやつ、とか……」

「僕もめっちゃＲＰＧ好きです！　子供の頃『ドラドラファンタジー』とかやりました！　楽しいですよね！　おススメとかあったら教えて欲しいくらいです！」

彼は終始、満面の笑み。裏表が一切感じられない。

本当に演技が上手《うま》くて実はめちゃくちゃ引いてるとかあるかもしれないが、少なくともそんな素振りは私からは一切感じられないし、心なしかむこうも楽しそうに思えてしまう。

だからだろうか。

つい嬉《うれ》しくて私は注いでもらったお酒が進んでしまうのだった。

「だからあのクソ上司!!　わざわざ全員に聞こえるように私が男から逃げられたって……!」

「本当にひどいっすねそれ……」

あれ、いつからこんな話になったんだろう。ついついお酒が進んで、良《い》い気分になって。

まさと君の距離が近くて、くらくらしてきて。

もうなんでもいいやと思って、気付けば私は最近の鬱憤をぶちまけていた。少しヒートアップしすぎたかもしれない。

もう何杯目かもわからないグラスに口をつけてから、一つ、息を吐く。

「……でもね、バカなのは私。本気で付き合ってくれるとか思い込んで、浮かれてた私が悪いの」

「え？　でもその男の人から交際を申し込まれたんですよね？」

「そう、なんだけどね……」

実は、そうなのだ。にやにやと笑いながら、あいつがこっちに付き合ってと言ってきたはずだったのだ。

人生で初めてされた告白に、舞い上がってしまったが、あの時点で気付くべきだった。

「そんなのひどいですよ！　星良《せいら》さんなんも悪くなくないですか？　悪いのはどう考えたってむこうじゃないですか！」

目の前の彼が、自分のことのように怒ってくれている。それがなんだか、無性に嬉《うれ》しくて。

「でもそういうもんなのよ。女なんて。所詮私達に選択権なんかないのよ」

だから自嘲気味に、言葉を重ねた。

すると。

「俺……それ全然納得いかないんすよね」

「え？」

ずい、とこちらに乗り出してくる彼。

距離が近くて、ドキっとする。

「確かに、男は少ないかもしれません。けど、それだからって男が偉い理由になりますか？　俺はそうやって慢心してる男が嫌いです」

初めて聞くタイプの話だった。

男の人とそれなりに話してきたけれど、こんなことを言う人は、彼が初めて。私が驚いていると、それに、と彼はちょっと気恥ずかしそうに続けた。

「俺がその立場だったら……星良《せいら》さんみたいな容姿も性格も綺麗《きれい》な人と付き合いたいけどなあ」

——私の中で、何かのストッパーが壊れた気がした。

# [ 五十嵐恋海の場合 ]

恋海
既読
14:15
なんか、アイドルにスカウトされたんだけど笑
え?
それ大丈夫?なんか怪しい奴じゃない?
14:18
俺も最初断ったんだけどさ
既読
既読
14:25
話だけ聞いてくれって言われちゃって
やめた方が良い気がする……
名刺とかもらったなら会社とか調べるよ?
14:27
将人断った～?
14:35
……ねえ本当に大丈夫?
14:40
不在着信
14:43
不在着信
14:45
不在着信
14:48
音声通話
5:15
14:50
もう本当に気を付けてよ!?
気を付けて帰ってきてね
15:01
Aa

# 抑えきれない感情の名前

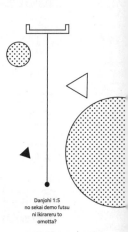

## 幼馴染系JDは嫉妬する



人生の夏休み。

入ることは難しいけれど、卒業をすることが簡単なことから、日本の大学生活はそんな風に呼ばれたりする。

専門学校とか、理系の大学とかはその限りではないけれど、文系は確かにそんな感じの所が多い。

私が通っているこの大学は大別するならいわゆる夏休み寄りの方だと思う。

普通に生活してれば卒業できる……と思う。入るのが難しかっただけに、授業の課題とかで苦しむ学生も少なそう。

そしてそんな人生の夏休み、と言われるくらいだから、学生は皆この大学生活を楽しみたいと思っていて。

「男が！　捕まらん！」

……私の隣に座るみずほ……戸ノ崎《とのさき》みずほは、どうやら恋愛方面で振り切って楽しみたいタイプのよう。

「もう入学して2ヶ月だよ⁉　男の1人や2人、捕まっててもいいはずでしょ⁉」

「いや高望みしすぎでしょ……」

みずほはそのトレードマークのツインテールをぶんぶんと振り回して感情を露《あら》わにしている。

1人や2人って……1人も彼氏ができずに大学生活を終える女の子がいったい何人いると思ってるの……。

「いーやそんなことない！　せっかくの大学生活だよ⁉　彼氏とたくさんデートしてやることやってキャッキャウフフしなきゃ話にならないよ！」

「大声でそんな話しないでもらえますかねぇ……」

「さしあたっては、必ず合コンを開催する。その時は是非恋海《こうみ》殿も参加してくだされ」

「誰ですかあんた」

私の友人は暑さでちょっとおかしくなってしまったらしい。まあ、元からこういうテンションの子ではあるんだけど。

やれやれと思っていると、急にぐるんと首とツインテールを振り回してみずほがこっちを見る。

え、なに怖いんだけど。

「ねえ、恋海《こうみ》。私に隠してることあるよね」

「え？　な、ないと思うケド……」

「いーやあるね！　じゃあ……」

みずほはビシッと私の顔に指をさして。

「一緒に授業受けてるイケメンは誰！」

「ギク……」

思いっきり隠していることあったわ。

「な――んか最近おかしいと思ったんだよね。私と一緒に受けてたはずの授業、一緒に受けられないとか言いだすし。他の友達に聞いても、『最近急に恋海《こうみ》が一緒に授業受けてくれなくなった』って言ってたし」

いつかバレるとは思ってた。

と、いうか今まで私には各授業のほとんどで一緒に受けてた友達がいる。

それがほぼ全て一緒に受けられないかも、と断ってしまったものだから、そりゃ速攻でバレるんだけどさ……。

「それで教室の隅っこ見てみたら？　なんかイケメンいるし？　隣でデレデレしてる恋海《こうみ》いる

し？」

「で、デレデレはしてないでしょ！」

「いーやデレデレしてたね。あれは女の顔だったわ」

そ、そんなあからさまだったかな……なんか恥ずかしくなってきた。

「まあ、いいけどさあ……紹介はしてくれるんだよね？」

「あー……えっとー……」

こうなるかも、という予感はあった。

基本的に男の子はやっぱり少なくて、私の……今は〝まだ〟私のじゃないけど、将人《まさと》は普通にかっこ良いし中身も完璧だし完全に優良物件だ。いや優良物件どころの騒ぎじゃない。きっと将人《まさと》の人となりを知れば、売約済みの札を持った女たちがこぞって集まるだろう。

全部蹴散らすけど。

だからこそ本当にあの時会えたのは奇跡だった。奇跡というより……運命、みたいな。

だってそうだよね。あんな運命的な出会い、漫画でもそうそうない。

「あの――恋海《こうみ》さん？」

「あ、ああごめんごめん」

トリップしてる場合じゃなかった。まあ紹介してとか言われるよね……ここでどうするかなんだけど。

正直、とうに私の心は決まっていた。

「ごめん。本当にそれだけは無理」

「えー！　なんでよ！　男の情報は共有しようって言ってたのに」

「ごめん！」

「……っ」

みずほの言葉を遮るように、手を合わせて、私は頭を下げた。

確かにみずほの言ったように、その約束は、した。

正直当時はこんなに1人の人に入れ込むとも思ってなかったし、誰かと付き合ってみたいなーくらいの軽い気持ちだったのだ。

今はもう、全てが違う。

「本気なんだ、私。ごめん……あの人は……将人《まさと》は誰にも譲れない」

初めて自覚した恋。

これだけは、誰にも譲れなかった。

じっ、と頭を下げていると、みずほのため息が。

「はぁ……しんゆーにそんな頭下げられたら、もうなんも言えないって」

「ごめん……ありがと」

「でも！　そしたらもー他の男は全部情報もらうからね！　あのイケメン独り占めする気なら、

他の男紹介してよね！」

「あはは……善処します……」

やっぱり、みずほは良い子だ。もし、もし将人《まさと》以外に男子と話す機会があったら、必ずみずほを紹介しよう。


みずほと別れて、私は2限の教室にきていた。

「あれ……将人《まさと》まだいないのかな？」

だいたいいつも、授業の始まる15分前には来ていて合流するのだが、まだ連絡が無い。

「しょーがない。席取っておこっかな」

まだ人の少ない教室に入り、奥の一番後ろまで突き進む。自分の座る席と、その隣にバッグを置いて席を確保。

ここに、将人《まさと》が来る。

それだけで、自然と口角が上がってしまう。

「連絡しとこっと」

席に座って、スマホを開く。

連絡先はすぐに交換した。授業の資料の写メとか送りたいって言ったら一発だった。ちょっとでも緊張した私がばかみたい。

ハートとか使ったらキモがられるかな……いやでも将人《まさと》だし。そんなこと絶対思わなそう。

約1ヶ月ちょっと将人《まさと》と学校生活を送って感じたのは、彼の性格が良すぎること。これは最初からわかっていた感もあるけど、本当に良すぎる。良すぎて心配になる。

なにが心配って、彼は性格が良《い》いのも相まって、女子へのガードが緩い。普通に考えたら、ありえないほどに。

私もそのおかげで仲良くなれた節はあるけれど、もう仲良くなって、思いっきり狙っている身としては、かなり心配だ。

とんでもないビッチに騙《だま》されたらと思うと寒気が止まらない。

(私が、守ってあげなきゃ……)

だから、大学生活中は私が守る。

なるべく一緒にいる。そしていつかは……大学の外でも、私が守りたい、なーんて。

ピロン、と通知が鳴ったのでスマホを取り出す。

将人《まさと》から、デフォルメの猫がありがとう！　と言っているスタンプが送られてきた。こんなところまで、可愛《かわい》いんだから……。

大丈夫、絶対私が守るからね。

授業が始まって10分ほどで、将人《まさと》は教室にやってきた。後ろのドアから入ってきて、きょろきょろしている。可愛《かわい》い。

私は将人《まさと》に気付いてもらえるように、手を振った。すると将人《まさと》も気付いたようで、こちらへと歩いてくる。

ふむ。今日の私服もカッコ良い。いつもよりスポーティな感じ。将人《まさと》はファッションセンスもめちゃくちゃ良《い》いのだ。

「マジサンキューな恋海《こうみ》」

「にしし……将人《まさと》のためならこれくらいちょろいもんだよ♪」

こうして名前で呼び合って、2人で授業を受ける。

私にとっては、毎日が夢のような時間だった。けれど、この生活が始まってから早くも1ヶ月。

そろそろ……そろそろ次の段階に行ってもいいんじゃないだろうか。私はそう思っていた。

(ん……そしたら今のこの状況……使えるのでは?)

汗をハンカチで拭きながら、文房具を出している将人《まさと》の横顔を眺める。

私は、将人《まさと》が好き。だけどそれを今すぐに伝えても、勝率は薄い。それはそうだ。まだろくに時間を共有していないわけで。会って数日かそこらの人間に告白されてオーケーなど将人《まさと》は出さないだろう。

私は絶対に将人《まさと》を彼氏にしたいから、失敗は許されない。だからこそ、これなら断られないという確信が持てなければ、告白なんてできない。

何事にも段階は必要で、今必要なのは、もっと親密になること。親密になるために手っ取り早いのは……デートだ。

私は、勝負に出る。

ようやく落ち着いて授業を聞く体勢になった将人《まさと》のTシャツの袖を、引っ張ってみた。

「……ね、せっかく席とってたんだから、今日こそ一緒にご飯行ってよ」

……ちょっとあざとすぎたかな。けど、これくらいしないとどうせ意識なんてしてもらえない。

「あ〜、ま〜じでごめん、今日はバイトなんだよね」

ぐっ……でも想定はしてた。何故《なぜ》なら先週も金曜日は断られたから。それならそれで、まだ手はある。

「え〜。もしかして将人《まさと》金曜日は確定でバイト？」

「そーね、ほとんどそうかな」

「そっか〜じゃあ来週の月曜日とか！」

「それならいいよ全然」

「やった」

きた！　デートの約束ゲット！

感情が溢《あふ》れて、思わずガッツポーズしてしまった。けど仕方ないよね。嬉《うれ》しいんだもん！

さっそく私の中でデートプランの構築が始まる。月曜は4限までだから、大学が終わるのは恐らく17時とかになるはず。

夕飯はもちろん予約するとして、それまでどこにいこうか？　ちょっと駅前でショッピング？　映画……を見るには少し時間がないか。カラオケとか行くのも悪くない。

最寄り駅の施設を思い浮かべながら、一番将人《まさと》に楽しんでもらえる方法を探る。授業の内容なんて、1ミリも頭に入っていなかった。

「……なあ」

「……？」

そんなタイミングで、小声で将人《まさと》が話しかけてきた。

あ、ヤバ。全然授業聞いていないけど授業関係のこと聞かれたらどうしよう。と、思ったら。

「本当によかったのか？　俺と授業とるより、友達と授業とりたかったろ……？」

「……んー？　全然そんなことないよ。友達とは、サークルとかで会えるしね」

……どういう、ことだろう。そんなことない。私は将人《まさと》と授業を受けたい。将人《まさと》と過ごしたい。

もやもやとした気持ちが、胸に巣くう。

そんな私に、追い打ちがかかる。

「もしあれだったら、たまには友達と受けてくれてもいいからな。なんなら俺は1人でもいいからさ」

……なんで、そんなこと言うの？

一瞬で、黒い感情が、胸に渦巻いた。

「なんで？」

自分でも驚くほど冷たい声が出た。

「え、いや、恋海《こうみ》がほら、他の子と受けたいかな～って」

「将人《まさと》は私と授業受けるの、嫌？　もしかして、他の女の子と授業受けたい？」

こんなこと言いたいわけじゃないのに。黒い感情の波が、押し寄せて止まらない。

「いやいやいや！　そんなことない。マジでありがたいし、恋海《こうみ》みたいな美少女と授業受けられるならこんなに嬉《うれ》しいことはないようん！　ってか恋海《こうみ》以外に友達いないし！」

……び、美少女？

今私、美少女って言われた？

「び、美少女？　そう？　かな？　将人《まさと》から見て、可愛《かわい》い？」

「お、おう。そら可愛《かわい》いだろ。自信持っていいと思うよ？」

え、めちゃくちゃ嬉《うれ》しい。急にぽかぽかと心が温かくなった。

「そっかーえへへ……可愛《かわい》いかあ……」

好きな人から言われる可愛《かわい》いが、こんなに嬉《うれ》しいだなんて知らなかった。たくさん自分磨きをしてきて良かったと心から思う。

そして朝、みずほから言われたことを思い出す。

――確かに私、デレデレしてるかもしれません。


3限が終わって、将人《まさと》は帰っていった。

大学の出口まで彼を見送って、私は4限へと向かう。その道中。さっきの2限での出来事を思い出していた。

(あんなこと、言いたくなかったのに……)

自分でもわからなかった。

将人《まさと》が、他の女の子と会いたいと思っていると考えただけで、心の中の黒い感情が暴れ出した。

醜い、嫉妬の感情。

将人《まさと》も、慌てていたように思う。

そもそも将人《まさと》は他の女の子と授業を受けたいなんて一言も言ってないのに。

(将人《まさと》はあんなに良《い》い人なのに……私は……)

思わず自己嫌悪《けんお》してしまう。

けど、今でもやっぱり、もし将人《まさと》が他の女の子と遊びたいとか言いだしたら、同じことを言ってしまう気がする。

私でいいじゃんって思ってしまう。

初めて人を心から好きになった。毎日がとても楽しい。

――けれど、初めてのこの特大の感情を、制御できていない気もする。

気をつけなきゃ……嫌われたら、多分私二度と立ち直れない。

ああそっか。恋をして、好きになって。初めて気付いた。

私は――嫉妬深い女だったんだ。

バスケ部ＪＣは変になる

私がお兄さんとバスケをするようになって1ヶ月が過ぎた。

最近は、お兄さんとするバスケが楽しくて仕方ない。

今日は金曜日。この今やっている5時間目の授業を終えれば、お兄さんと会うことができる。

入部したバスケ部は本当に運よくたまたま金曜日がオフだったため、なんの迷いもなくお兄さんの所へ行けるのが、とっても嬉《うれ》しい。

教室の中は、お昼の後の国語の授業ということもあってか、周りにはうたた寝している子もちらほら。

私はこの後が楽しみすぎて、全然眠くなかった。

うきうきしていたら、授業終了を知らせるチャイムが鳴った。

やった！　公園に行ける！

「はーいじゃあ日直号令～」

日直の子が号令をかけて、先生が出ていく。

あとは担任の先生が来るのを待って、早く帰ろう！

私が鞄《かばん》に教科書やらなにやらを詰め込んで早くも帰り支度を整えていると、同じバスケ部のりかちゃんが声をかけてきた。

「由佳《ゆか》〜今日ゆうすけ君が自主練しよって言って何人かでコミュニティセンターの体育館行こうって話になってるんだけど、由佳《ゆか》も行こうよ！」

「あ〜……えっと……」

ゆうすけ君、というのはバスケ部の男子だ。

バスケは上手《うま》くないけれど、よく女子とも話す子で、クラス部活問わず女子人気が高い。

私も別に嫌いではないけれど、わざわざ話したりとかするような仲でもないし……。

それよりもなによりも、今日はお兄さんとバスケをするって決めてる。

「ごめん！　私今日用事あるんだ！」

「え〜！　先週もそう言って帰っちゃったじゃん〜、なにがあるの？」

「それは〜〜えっと〜〜……」

ヤバイ、なんて言えばいいんだろ？

イケメンでバスケが超絶上手《うま》いお兄さんと二人っきりでバスケしにいきます、なんて言ったら妄想乙って言われるか、紹介しろって言われるかの二択しかない気が……。

「あの……バスケをしに……」

「え〜？　じゃあ別に皆でやったってよくない？」

「えっと、約束してる人がいるの！　だから、ごめん！」

パン、と両手を合わせて謝る。

付き合いが悪いのは自覚してる。けど、このお兄さんとバスケをする時間だけは、絶対に譲れないんだ……！

「ふ～ん、わかった。でも誰かがゆうすけ君といい感じになっちゃっても、後からじゃ間に合わないからね～！」

「あ、それは大丈夫」

良《い》い人だとは思うけどタイプじゃないしね……。

無事私はクラスメイトの制止を振り切って、学校を後にする。

お兄さんと出会ってから……正確には、お兄さんのことを好きになってから、毎日が彩《いろど》られて見える。

きっとお兄さんは今私のことを恋愛対象としてなんか見てないと思う。

けど、それでも良《い》い。

今はたくさんアピールして、私が高校生くらいになった時に、意識してくれたら……嬉《うれ》しいな。

「最近由佳《ゆか》ちょっと変じゃない？」

「わかる！　なんか休み時間鼻歌歌ってるし、授業終わったらすぐ帰るし……」

「ね～私思ったんだけど……由佳《ゆか》もしかして、他校の男と会ったりとかしてるんじゃない……？」

「え～うっそお⁉」

「いやでもあり得るかも……最近授業中に本読みながらニヤニヤしてる時のニヤニヤ度が増してる気がするし」

「それ関係ある……？」

「ね、今度由佳《ゆか》に問いただそうよ。早く帰ってなにしてるのか！」


まずいまずい！　家の鏡で変じゃないかチェックしてたら、ちょっと時間かかり過ぎちゃった！

多分もう、いつも通りならお兄さんは公園にいるはずの時間。

私は大急ぎで公園まで走る。結局こんなに走ったら髪乱れちゃうし、チェックした意味ないよ～。

すっかり春になって、日差しもかなり強くなってきた。

走っていると、汗が額を伝うのがわかる。汗臭いとか思われたら最悪だな……制汗剤は、一応持ってきたけど……！

走っていると、いつもの、ボールが地面に弾む音が聞こえてきた。間違いない。お兄さんはもうそこにいる！

私は木陰で一旦止まると、リュックから制汗スプレーを出して服にかける。

小さめのポーチに入れてきた手鏡を出して、髪の状態もチェック。

変じゃない、よね。よし。

走ってきて乱れた息遣いを深呼吸で整えて、私はコートへと向かった。

お兄さんが、バスケをしている。

相変わらず、とても綺麗《きれい》なハンドリング。

あ、今日の服もカッコ良いな……。

同年代の男子では決してできない、ゆったり目の着こなし。

運動することを考えてか、ズボンも緩めの七分丈。上は半袖のTシャツで簡素に見えるけど、ベンチにかかってるベストを今までは着ていたんだろうなぁ。本当にカッコ良い……。

……！

っていけないいけない。ずっと見てられるけど、今日は一緒にバスケしにきたんだから声、かけなきゃ。

「お、お兄さん！」

「んあ？」

シュートフォームに入っていたお兄さんが、声に反応してこちらを見る。横顔もカッコ良かったけど、正面ももっとカッコ良い。

……じゃなかった、えっと、一緒にバスケしましょうって、言わなきゃ……。

もう何回も会っているのに、いざお兄さんと会うと、言いたいことがなかなか言えない……。

う——家で何回も練習したのに……。

すーっと息を吸い込む。

「きょ、今日こそは勝ちます！　そして、この場所を……渡してもらいます‼」

あーもうなんでこーなるの⁉

もっと素直になりたいのに！

「来たな～ちびっこ」

「ちびっこじゃありません！　由佳《ゆか》は中学生になりました‼」

最近お兄さんはふざけて私のことをちびっ子、と呼ぶ。砕けた感じで接してくれるし、仲良くなれた、とも思う。

けど、このちびっ子だけは訂正していかないと……！　いつか意識してもらうためにも、絶対。

「きょ、今日こそはこの場所を返してもらいます……！」

返してもらう気なんてさらさらない。

むしろ、ずっとこの時間が、続けば良いと思ってる。

「はっはは、俺に一度でも勝ったことがあったかな少女よ〜」

あっ、少女にレベルアップした。ちょっと嬉《うれ》しいかも。

「きょ、今日は秘策があります！」

これは嘘《うそ》じゃない。

私は部活動の中で、練習してきたスキルがある。今日はそれを使って、お兄さんから必ず1本とる！

もちろん、お兄さんに勝ったらお兄さんはこの場所に来ないという約束をしているけれど、お兄さんに勝つ、というのは正直かなり厳しい。でもだからこそ、私は全力でお兄さんに挑むことができる。

へえ〜と楽しそうに笑うお兄さん。うう……いちいち行動が絵になりすぎるよ……！

「な、なにをボーっとしてるんですか！　1on1や、やります、よね？」

ちょ、ちょっと生意気だったかな？

途中で生意気だったかもと思って口調が尻すぼみになってしまった。

「いいぞ〜。けど、ちゃんと準備運動しろよ？　怪我《けが》するぞ？」

お兄さんが心配してくれている……。その事実が、私の心にじんわりと沁《し》みわたる。

「あ、当たり前です。それくらい、もう終わってます」

「え？　君今来たよね……？」

お兄さんに会いたくて走ってきたからアップはほぼ完了してるし、準備運動も、さっき自分の姿を確認した時に手早く済ませた。

だからもう、大丈夫！

私はリュックからボールを取り出すと、お兄さんにバウンドパス。ディフェンスの姿勢をとった。

お兄さんは私のボールのサイズに合わせてバスケをしてくれる。とっても優しい人。

「急だなあ……んじゃいくぞ～」

来る……！　私の頭は、瞬時にバスケットの頭に切り替わった。

お兄さんはオールラウンダー。ハンドリングも、シュートも。しまいにはゴール下の技術もある。

全てを頭に入れなきゃいけないのは、ディフェンス側としては本当に難しい。

お兄さんが軽くクロスオーバーを入れて、横に鋭くカットイン。

速い……！　でも、それくらい速いのは知ってるから……！

「行かせません……！」

素早く回り込んだ。

これくらいはできなきゃ、お兄さんの相手は務まらない。

「ここまでで大丈夫ですっと！」

「あっ！」

お兄さんの判断は早かった。

私が追い付いた瞬間、まだ移動してきたせいで重心が安定していないのを見抜き、即座にミドルレンジのジャンパー。

シュートモーションまでが速すぎて、私はブロックに行くのが間に合わな……。

「……！」

お兄さんが飛んだ瞬間。

緩めのTシャツを着ていたお兄さん。

そのTシャツが、飛んだ拍子にめくれ上がる。

露《あら》わになる、お兄さんの腹部。

普段から鍛えていることがわかる、しなやかな腹筋。

「よーしこれで先制な〜……ん？　由佳《ゆか》ちゃん？」

バスケットの頭になっていたはずなのに、私はその一瞬で全て脳の容量をもっていかれてしまった。

え、えっちすぎるよ……こんなの……！

ドキドキと鳴り続ける心臓がやけにうるさくて。

「……どした？」

「はぇ……」

気付けば目の前にお兄さん。

（……ッ！）

ま、まずい。お兄さんのおなか見てましたとかバレたら二度とバスケしてもらえない！

い、今は落ち着かなきゃ。

け、けど今の光景が頭から離れない……。

「おい、顔赤いぞ？　熱中症なんじゃないか？　ベンチで休むか？」

「あ、あああぁ!?　違います違います！　大丈夫です！　は、はやくボールをください！　すぐ同点にしますから！」

あ、危なかった!!

本当に眼福……じゃなかった、目に毒なんだから……！

こんな素敵なお兄さんとバスケをしているという事実を突きつけられて動揺しちゃう。

深呼吸。大きく息を吸って、吐く。

今は集中しなきゃ。今週練習してきた成果をお兄さんに見せるんだから……！

バスケットボールがリングに弾《はじ》かれる音で、目を覚ました。

あれ……確か私は……。

お兄さんとバスケをしてて、それで……。

（……ッ！）

思い出した。私の足がもつれて、お兄さんの上に乗っかっちゃって……。

お兄さんに抱きしめられたような状態になって気絶しちゃったんだ……。

は、恥ずかしい！

変な奴《やつ》だって絶対思われたよね……！

慌てて起き上がると、自分の頭があった場所に、タオルがたたんで置かれていた。きっとお兄さんが私を寝かせる時に、おいてくれたのだろう。

こんな状況なのに、嬉《うれ》しさがこみあげてきた。

ふと、視線を戻す。

お兄さんは、シューティング練習に取り組んでいた。

「ふっ……！」

3pライン付近からの、シュート。

綺麗《きれい》な縦回転で、ボールは放物線を描いていき……。スパッとゴールに吸い込まれた。

（カッコ良いなあ……）

もちろん、お兄さんという人を好きになったのもあるけれど、お兄さんがバスケをしているところは特別カッコよかった。

ボールを取って戻ってきたお兄さんが、私に気付く。

「お、起きたか。体調は平気？　由佳《ゆか》」

心臓が跳ねる。

い、今呼び捨てされた、よね？　初めて呼び捨てされた……！　嬉《うれ》しい……！

「だ、大丈夫です。ごめんなさい、迷惑かけちゃって……」

「全然大丈夫だよ！　今日はもうこんな時間だし、俺も帰るから帰ろうか」

え……と思って公園の時計を見れば、時計の針は4時半を示している。

かなり長いこと気絶してしまっていたらしい……。

もう最悪……もっとお兄さんとバスケしたかったのに……。

その気持ちは、どうやら表情に出てしまっていたらしくて。


「ほら、また来週も来るからさ。取り返すんだろ？　この場所」

私が落ち込んでいるのがバレたのか、お兄さんがポン、と肩を叩《たた》いてくれる。

励ましてくれるのも、来週約束してくれるのもめちゃくちゃ嬉《うれ》しいけど、距離が、距離が近くてドキドキするよ……。

「あ、そのタオル貸したげる。汗かいてると思うし、それで拭いて帰りな？　俺はもう1枚持ってるから！」

「え……」

ベンチの上に丁寧にたたまれたタオルを見る。

これを、貸してくれる……？

「そいじゃね！……あ、今回は失敗しちゃったけど、ロールは良《い》いと思うよ！　あの速さでロールされたら、ディフェンス１人だったらほとんど止められないんじゃないかな？　だから、自信もってね！」

じゃ！　と言って、お兄さんは立ち去っていく。

……言って欲しいこと、全部言ってくれて。

お兄さんは帰っていった。

そして、手に残された、お兄さんの、タオル。

高鳴りだした心臓を抑えつけて……まずは、手に取ってみた。

なんの変哲もない、スポーツタオル。

なのに。

「はーっ……！　はーっ……！」

息が、荒くなってしまう。

ごめんなさいお兄さん、私は、いけない子みたいです……。

顔を、うずめてみた。
顔を拭くふりをして。
お兄さんの香りが、顔いっぱいに広がった。

ツンデレ系ＯＬは助ける



繁忙期。会社によってその時期は様々だ。業種だったり、部署だったり。

私の所属する部署は、今が丁度繁忙期でそれは週末の金曜日ともなればなおさら。

「お疲れ様でした～」

残業を終えて、ようやく業務から解放される。パソコンの画面を見続けて疲れた目に、目薬を差した。いつもなら金曜夜ということで喜び勇んで飲みに行くようなメンバーも、今日は流石《さすが》に疲労困憊《ひろうこんぱい》。

「流石《さすが》に今日は帰るわ。また月曜日～」

「あ、お疲れ様です」

私をあの場所に連れて行ってくれたみき先輩も、今日は帰るようだ。お昼の段階でだいぶやつれた顔をしていたから仕方がないのかもしれない。

「私も限界だわ、お疲れ様！」

次々と自らの業務を終えた同僚が帰宅する中で、私はちらりと腕時計に目をやった。

「21時、か……」

確かに、家が遠い人であれば流石《さすが》に飲みに行くような時間はない。けれど、私は幸い、職場から家までそう遠くは無くて。

今からどこかで数時間飲んだとしても、十分終電は間に合う時間。で、あれば。私の行くべきところはひとつ。一人で行ったことは、無かったけれど。もうそれは私の決心を揺るがせる要因にはならない。

頼まれていた業務を最速で終わらせて、開いていたノートパソコンの電源を落とす。打刻もして挨拶をして。これで、社会人としての私は終わり。

バッグを持って会社を出たその時には、私はもう自由の身。

星がちらほらと見える夜空の元、大きく、一度伸びをして。

「遅くなってごめんね、まさと君」

すっかり想《おも》い人となった少年の姿を思い浮かべて、私は早足に歓楽街へと向かった。

「いらっしゃいませ、お嬢様」

扉を開けた時に広がる煌《きら》びやかな空間も、この思わず心が躍ってしまう非日常的な挨拶も、いつものことにこそなったものの、1人で来るのが初めてということもあって、緊張は解けない。

「本日はご指名はございますか？」

「……まさとで」

「……！　承知いたしました。お席の方ご案内致しますので、少々お待ちください」

私がまさと君の名前を出した瞬間、彼は一瞬驚いていた。そんなに驚くようなことがあるだろうか？

お店の奥に通されて、着席を促される。

「では少々お待ちください」

恭《うやうや》しく頭を下げて、受付のボーイは踵《きびす》を返《かえ》した。

席に座ったは良《い》いものの、やっぱり彼を待つこの瞬間は落ち着かない。きょろきょろと周りを見回して、店内の装飾を眺める。上京してきて初めて都会に足を踏み入れた大学生みたいになっちゃってるな、私。

……しばらく待っても、なかなかまさと君が現れない。今までここまで待たされることはなかった。……今のうちに、ちょっとお手洗いに行こうかな。

少し悪いとは思いつつも、バッグを持って席を立つ。店内を歩いて行こうとすると――

「え、いいじゃん君も飲みなよ～」

「えっと、ごめんなさい。僕は飲めなくって……」

「え～なにノリ悪くない？」

聞き間違えるはずもない。まさと君の声。

どうやら、接客中らしい。

私以外の誰かに、まさと君が接客している。それだけで、少し胸が苦しくなる。けれど、今はそんなことよりも。

「じゃあなんか面白い話してよ」

「ごめんなさい、あんまり話上手じゃなくって……」

「えー？　ほんとに君ボーイなの？」

通りすがった通路からも見えた、まさと君の後ろ姿。会話内容を少し聞いただけでわかる。どうやらまさと君は、席についているわけではなく、お酒を運んだタイミングで、酔った人達にいわゆるダル絡《がら》みをされているらしい。手にはお酒を運ぶお盆が握られていた。

その背中が、なんだか申し訳なさそうにしていたから。

「まさと」

気付いたら、声をかけていた。

驚いたように振り向く彼。今日も、まさと君は最高にカッコ良くて、可愛《かわい》い。

「星良《せいら》さん……⁉」

「もう、指名したのに全然来てくれないいじゃない。早く来てよ？」

「あ、今、今行きます！」

ちらりと彼の後ろを見れば、だいぶ酔っぱらっているおばさんが3人。不遜な態度でこちらを睨《にら》んでいた。……悪いけどまさと君の良さもわからないような連中に、彼を貸す暇なんてないの。

「お待たせしました、お嬢様。また来てくれたんですね」

「ま、まあね。たまたまちょっとだけ時間あったからね。気まぐれよ！」

「ふふふ、ありがとうございます」

通された席に戻れば、すぐにまさと君がやって来た。我ながら、結構さっきのはポイント高いんじゃなかろうか？

「助かりました、さっき星良《せいら》さんが声かけてくれて……ありがとうございます」

「良《い》いのよ。でも大変ね、ああいうお客さんの相手もしなきゃいけないのは」

まさと君の良さがわからないなんて論外だが、むしろあの程度の連中はわからなくても良いのかもしれない。

そんなことを考えていると、私のグラスにお酒を注ぎながら、まさと君が苦笑いをしていて。

「でも、僕も悪いですよ。お酒、飲めないですし。皆楽しく飲んでるのに、酔えない僕がいるのも変な話じゃないですか」

どうやら、彼はお酒が飲めないらしく。そのことに責任を感じているらしい。初めて見る彼の少し弱った姿に、どう声をかけて良いのかわからなくて。

「そ、そうね。こんなところで働きながら、お酒が飲めないなんて、変な話よね」

ちがう！　そんなことを言いたかったわけじゃない。慌てて、彼の方に向き直った。

「そう、ですよね」

「で、でも私はそんなこと気にしないし？　私はここでお酒一緒に飲む相手が欲しいわけじゃないし？　ほんと私はあなたにぴったりよね！　感謝してほしいくらいに！」

きょとん、とした彼の表情、けど、それは次の瞬間に笑顔に変わった。

「ははは……確かに、そうかもしれません。星良《せいら》さんは、僕にとってピッタリです。ありがとうございます」

思わず、視線を逸《そ》らした。破壊力が高すぎて。言われた言葉を反芻《はんすう》する。『星良《せいら》さんは、僕にとってピッタリ』なんて素敵で……蠱惑《こわく》的な響きだろうか。

「そ、そうよね！　私くらいなんだから！　大事にしなさいよね！」

こんなにドキドキしたことは、人生で一度もありはしない。隣にいる彼が、あまりにも愛おしくて。

それから、またお酒を飲んで、いつものように彼と話す。どんな内容であっても、彼とならば楽しい。私にとってこの時間は、かけがえのないもの。最高の時間。

……だけど、週1回しか会えず、彼と私は、ボーイと客なんだという事を思い出す度に、私の心はどうしようもなく苦しくなるのだった。

私が『Festa』に初めて行ってから、1ヶ月が経《た》った。

今日は金曜日。

最近新しく買ったお気に入りの腕時計で時間を確認する。あと少し。あと少しで終業。胸が高鳴るのを抑えられない。先週の忙しさも少し和らぎ、今日は日中頑張ったこともあって、定時で帰れそうだ。

少し前まで、死んだように働いて、帰って寝るだけだった生活が、もう嘘《うそ》のよう。

もう一度腕時計を見やる。ぴったり、秒針が数字の12と重なった。

「お疲れ様ですお先に失礼します！」

私は終業時刻ピッタリに迷わず打刻し、会社を後にする。今の私なら世界を狙えるかもしれない。

そんな身も心も凪になった私の後ろで、帰《かえ》り際《ぎわ》、オフィスの方の話し声が聞こえた。

「望月《もちづき》さん最近帰るの鬼早くない？　しかも金曜日だけ」

「もしかして男できた？」

「え、マジ？」

ま、まあ？　半分できたようなもんよね。別に今更社内でなにを言われようとかまわない。

すぐに外に出る。

まさと君が、私を待ってるから。

最近はそれだけで生きる活力が芽生えた。

ただただ怠惰だった休日は自身の女磨きの時間になり、仕事の時間も、まさと君に会うお金のためだと思えば苦でもなんでもなかった。

むしろもっとお金欲しい。

今まさにるんるん気分で例のお店へ向かおうとした、その時。

「星良《せいら》ちゃん！」

後ろから、呼び止められる。

「……みきさん」

それはあの場所を教えてくれた、私の先輩の、みきさんだった。みきさんももうバッグを持って帰る支度をして、私を追ってきた様子。

私が世界最速を目指したせいか、みきさんも大慌てだ。

ようやく私が止まったからか、ホッと胸をなでおろしたみきさんは無言で私に近づいてくる。

え、なんか私仕事でやらかしたかな……。

みきさんはそのまま無言で私の隣まで来て……ガッ、と肩を組まれた。

「行くんでしょ、〝宴《うたげ》〟に」

「うっ……」

宴《うたげ》、とはあのお店、『Festa』のことだった。

仲間内だけで意味が通り、そして上司他にボーイズバーに行っていることをバレないように生まれた隠語。どこの文化だ。

けれど、みきさんの指摘は図星だった。私はもちろん行こうとしてるから。内緒で行こうとしていたことがバレて、怒られるかも……と思ったその時。

みきさんがそっと耳打ちする。

「私も連れてって♡」

……そういうのはお気に入りのボーイさん相手にやって欲しい。

軽いスキップで進むみきさん。『Festa』でのみきさんの浮かれようを見るに、みきさんも相当あのボーイに入れ込んでいるのだろう。お金は大丈夫なんだろうか。

（まあ私も全然人のこと言えないんだけど……）

ハッキリ言えば、私だってバリバリスキップしたい。彼に今から会えると思ったら、正直テンションは上がりまくりだ。

初めて彼に会ったあの日から、私は欠かさず毎週あの場所に足を運んでいる。当たり前だ。彼は私の天使なんだから。

無邪気な笑顔、表情豊かで、そのどんな表情も似合う彼。彼以上の男なんて、多分この世に存在しない。

最近は元カレの事を思い出すことも無くなったほど。まあそもそも元カレなんて、まさと君と比べるのもおこがましい話なんだけどね。

そんなこんな考えていたら、いつの間にかお店の前まで来ていた。今日も相変わらず看板の主張が激しい。

前を進むみきさんは、もう目がらんらんと輝いている。

「さあ行くよ？　夢の世界に……！」

「そ、そうですね……」

もうかれこれ来るのも5回目だが、未《いま》だに入る前は緊張する。雰囲気に慣れないのだ。

まあそれも、彼と話し始めたら全てを忘れられるのだが。

「いらっしゃいませ、お嬢様……ってみきじゃん！　また来てくれたんだねえ～」

「ふふ……そんなよそよそしいこと言わないでよゆうせー。昨日行くからって、言ったじゃん」

あー始まったわー。既に距離感ゼロでみきさんが推しのボーイにアタックしている。

こういうところはもはや尊敬する。私にはとてもじゃないができない。嫌われるリスクの方が圧倒的に怖いから。

いちゃいちゃしていた2人を虚無の瞳で見つめていると、ボーイさんがひょい、とこちらを向いた。

「そっちのお嬢様は……まさとでいいのかな？」

「……ッ！」

は、把握されてる……！

めちゃくちゃ恥ずかしい。もう私はこの店でまさと君を指名する女として定着してしまったのだろうか……。

……ん？　なんかそれはそれで良《い》い気がしてきた。つまりは公認ってことでしょ？

お願いします、と伝えると、ボーイさんは笑顔で応えてくれた。みきさんがこれだけハマる人だから、この人もきっと良《い》い人なんだろう。

まあ、私はまさと君一筋だけど。

ソファの席に通されて、私とみきさんが少し離れて座る。

「みきさん……昨日仕事ですよね？　仕事帰りに、来たんですか？」

「え？　来てないよ？　流石《さすが》の私でも翌日仕事の日にはなかなかねー……」

「え？　でもさっき昨日言ったでしょって……」

みきさんは推しのボーイに確かに、『昨日言ったじゃん』と言っていた。

それの意味することはつまり、みきさんは昨日もこの店に来ていたのだと思い込んでいたのだけど……。

「ちっちっち……あー、これあんまり大きな声で言っちゃだめなやつかなあ？　うーん、困っちゃうなあ〜どうしよっかなあ〜でも愛する後輩だしなあ〜」

どや顔という単語を画像検索したら最初にヒットしそうな顔で、みきさんがチラチラとこちらを見てくる。……あれこの先輩こんなにうざかったたっけ？

めちゃくちゃ言いたいけど聞かれるのを待ってるくねくねとした動きが、妙に私を苛立《いらだ》たせた。いや基本良《い》い人だし好きだけど……。

みきさんは私に耳打ちするために、身体《からだ》を私の方へと寄せる。

「実は……連絡先、もらっちゃった♡」

「……!?」

れ、連絡先……!?

てへぺろ！　と舌を出すみきさんに、私は驚愕《きょうがく》する。だって、ズルい。そんなのズルすぎるじゃないか。

もうそれはお店ではなく、プライベート。仕事の時間ではないのに、推しと話せるということに他ならない。

私だって、まさと君と……！

「こんばんは。また来てくれたんですね」

ビシッ、と身体《からだ》が固まる。

この心を溶かすような声。間違えるはずが無い。

視線をおそるおそる上げれば、そこには天使のような笑みを浮かべたまさと君。

……あっ、今日はノータイなんだ、それもそれで良《い》い……。

じゃ、なかった！

「た、たまたま時間が空いたのよ……」

全然たまたまじゃないけど、バリバリ終業ダッシュぶちかましてきたけど、こう言うしかない。

だって、毎日君のことを考えて、君に会うために今日も終業ＲＴＡして来ましたとか言ったらキモすぎる。

だから私は、たまたま、偶然を装《よそお》う。

そうじゃないと、私の心の壁が決壊しそうだから。と、その時。

「まさとく～ん！　星良《せいら》ったらまさとくんにぞっこんだからさ！　相手してあげてよ！」

とんでもないことを言う先輩のせいで全てを台無しにされかける。

「ちょっとみきさん！」

みきさんの方を見れば、もう既に顔が赤い。

お酒回るの早すぎるでしょ！

ここは軌道修正しないと……！

「コホン……え、えっとね、ほんと、たまたまだから。先輩に誘われて、仕方なく。それで、私はあなたと話すのが一番マシだから、呼んだの。わかる？」

よし、悪くない。今日はみきさんがいるし、理由も通ってる。先週も来た時点で説得力はないかもしれないけれど、みきさんの手前それを言うのは恥ずかしすぎる。

「ははは……ありがとうございます。聞くことくらいしかできない奴《やつ》ですが、僕も星良《せいら》さんの話聞くのは結構好きなので」

「……ッ！」

こ、この……！

あまりの可愛《かわい》さに、脳が焼かれそうになる。正直その笑顔で瞬殺されるところだった。

「あ、あなたね……誰にでもそういうこと言ってるんでしょ？」

「え？……いえ……僕のこと指名する変わった人なんて、星良《せいら》さんくらいですよ……？」

私くらい……そうか、私くらいなのか。

それはとっても都合が良《い》いことなんだけれど、世の女は本当に見る目が無い。どう考えたってまさと君はこの世で一番良《い》い男なのに。

「……そ、そう。それならいいわ。そうよね。あなたみたいなお酒も飲まない子を指名するなんて私くらいなんだからね……」

「ほんとそうですよ」

けど逆に、その良さに気付いてほしくない私もいる。浅ましくも、この笑顔を独占したいと思ってしまっている。

付き合ってもない。ただ店で接客してもらってるだけの女なのに。……あれ、なんか自分で言ってて泣きたくなってきたな……。

そして、さっきのみきさんの言葉を思い出す。

『連絡先、もらっちゃった♡』

……もし。もし私もまさと君の連絡先をもらえたなら。もう天にも昇るような気持ちになれることは間違いないだろう。

けど、それと同時に、もし断られたら来週1週間を生き抜ける自信が無い。というか多分無理。

それから2時間ほど。

いつものようにまさと君は天使で、会話が最高に楽しい。まさに至福の時間だった。

途中店員さんが4回くらい「ボーイチェンジなさいますか?」って聞いてきたけど全部延長を選んだ。

だってまさと君以外に興味無いし。

しかし、楽しい時間というのは悲しいことにあっという間で。

「星良《せいら》～! 帰るよ～! いつまでまさとくんといちゃいちゃしてんの! ほら!」

どうやらもう時間になってしまったらしい。

……っていいちゃいちゃ⁉　いちゃいちゃはしてないから！　したいけど！

「は、はー⁉　いちゃいちゃしてないし！　全然そんなんじゃないし！　こんな、ひょろひょろの……ひょろひょろの……」

ヤバイ。悪口を言おうと思ったのに、なにも浮かんでこない。

とっさにすらっとしたスタイルをひょろひょろというちょっとバカにした言い方に変換できた私を褒めて欲しい。

これで精いっぱいだ。

「はいはい。僕はひょろひょろですよ。また来てくださいね」

彼に、手を取られる。

……あー無理好きだ。大好き。

手を取られただけで、こんなにもドキドキする。

お酒も相まって、身体《からだ》が熱い。

カウンターまで行って、みきさんが支払いをしている間も、ずっとまさと君は手を握ってくれていた。

……今なら。

今ならお酒のせいにして、ちょっと甘えても、いいかな。思い切って、まさと君に体重を預けてみた。胸の鼓動がうるさい。

鼻腔《びこう》をくすぐる、まさと君の甘い香り。

身体《からだ》全てが、まさと君に染められるような、そんな感覚。

「……星良《せいら》さん？」

名前を呼ばれた。心地よい声音。

けれど、今は顔を見せることができない。

こんなだらしない顔を、彼になんて見せられない。

だから、下を向いたまま。

「……ダメだから」

「……え？」

「私以外の指名、受けちゃダメだから……」

わがままだって、わかってる。お店で働いている以上、指名されたら接客する。

けど、私以外の女にまさと君が接客しているところを想像するだけで、胸が苦しくなる。

「大丈夫ですよ。俺、金曜しか入ってないですし」

「……そう」

「その金曜は、こうして星良《せいら》さんがちゃんと指名してくれますし」

「……そう」

ズルい。

そんなこと言われたら、金曜日は毎週来なくちゃいけない。

まあ……頼まれなくても、行く、けど。

できるならもっとまさと君と一緒にいたかったけど、渋々お店を出て。

お店が見えなくなるくらいのところまで来てから、私とみきさんは一旦ベンチに腰を下ろした。

ああ、本当に今日も今日とてまさと君は天使……いや神だった。

「こおら星良《せいら》！　なーに人がお金払ってる後ろでいちゃいちゃしとるんじゃあああ!!」

「え、えええ!?　み、みみてたんですか!?」

「……ダメだから（うるうる）」

「ああああああああああ！　忘れろ！　今すぐ！」

恥ずかしすぎる！

正直初めてこのお店来た時みきさんの言動に引いてたのに、もう全くもって人のことを笑えない。

けらけらと笑うみきさん。

「いやあ最高だったね……さて、帰るか……って言いたいんだけど、ちょっとお腹《なか》すいたし、ご飯食べてから帰らない？」

「良《い》い、ですよ。そうしましょうか」

最近、ようやく人生が少し楽しい。

それはもちろんまさと君の存在が大きいけれど。こうして気にかけてくれる先輩のおかげも大きかった。

「じゃ、お疲れ～！　また月曜日ね！」

「はい、お疲れ様でした！」

みきさんと私は別方向。少しだけご飯を食べて帰るつもりが、話が弾んだこともあってだいぶ遅くなってしまった。もうとっくに日付が変わっている。

「さて……」

私の家はここから電車で2駅ほど。そう遠い距離じゃない。今日の余韻を楽しみながら、駅のホームに向かおうとした。

その時だった。

「……え」

思わず、絶句する。

視線の先。

酔いつぶれた人達をかきわけて、1人歩く少年。

どう見たって間違いなく……まさと君だった。

私が見間違えるはずがない。

私服姿の、まさと君。

急に心拍数が上がる。

もうすぐ終電の時間。これを逃したら、今日私はタクシーで帰るほかない。だというのに。

私の足は自然と彼を追いかけていた。追いかけて、しまっていた。


どうしようどうしようどうしよう。

気付けば駅近くの公園を過ぎて、住宅街に入っている。

視線の先には、まさと君。

やっていることは、完全に犯罪だ。

（ダメなのに……ダメなのに……っ！）

わかってる。これが悪い事だって。

絶対にやっちゃいけないことだってわかっているのに。

うるさく鳴り出した心臓と、熱を訴えてくる頭が止まってくれない。正常な判断なんか、できるはずもない。理性は確実にこの行為を咎《とが》めているのに、熱く燃え滾《たぎ》る欲望が溢《あふ》れだして止まらない。まさと君との繋《つな》がりになるかもしれないという欲望に、逆らうことができなかった。

まさと君が、公園から出て少し歩いたところのアパートで立ち止まる。

おそらくは、あれが――。

「……ッ!!」

電柱の陰からまさと君の方を覗《のぞ》き込もうとしたその瞬間。

まさと君が一瞬こちらを振り返った。

(見られた？　見られた？)

もしまさと君がこちらに来て、警察を呼ばれたら私は社会的に終わる。

なんの弁解の余地もない。

ストーカーだ、これは。

バクン、バクン、と鳴り続ける心臓を抑えつけて、恐る恐る、本当に恐る恐るもう一度様子を見る。

すると、どうやらまさと君は家に入ったようだった。

「は――っ……！」

ずるずると、その場にしゃがみ込む。

前々から汚い女だとは自覚していたが、ここまでとは思わなかった。

罪悪感を身体《からだ》全体に感じながらも、足は止まらない。
ゆっくりとアパートに近づいていって……その部屋の前まで来てしまう。
(片里《かたさと》……片里《かたさと》って言うんだ、まさと君)
震える手で、スマホのメモ帳を開く。
涙が出てきた。
自分の信じられないほどのクズ人間さに涙が止まらなかった。
けれど。
身体《からだ》は勝手に、住所をメモしてしまう。
(なんにも使わない！　物とか送りつけない！　なんにも、なんにもしない！)
じゃあなんでメモしているのか。
わからない。
こんなの、一発でアウトだ。
その時……まさと君の部屋から物音が聞こえてきた。
その物音は……シャワーの音だとすぐにわかった。
「はは……はははは……」
またずるずると、身体《からだ》が崩れる。
力無く、私はその場に崩れ落ちた。

メモし終えたスマホをスーツのポケットに突っ込んで。
私はただ涙を流した。
こんな状況なのに。
まさと君が一枚壁を挟んだところでシャワーを浴びている。
それだけで私は……どうしようもなく興奮していた。
本当に、救いようのない変態。
それがわかって私は、ようやく自覚した。
いや、ともすれば、もうあの瞬間からわかっていたのかもしれない。
「ねえ、私壊れちゃったよ、まさと君」
もうこの想《おも》いは、止まれない。

# 望月星良の場合

星良

へえ~それじゃまさとはスポーツが好きなんだ 16:17

既読 18:32 ですね!最近はよくバスケやってます!

バスケは意外かも。
バスケなんてやってたらまさとふっ飛ばされそう笑 19:10

既読 20:11 最近は僕より小さい子とやってるんで
流石にふっ飛ばされません!笑

小さい子?まさと誰とバスケやってるの? 20:14

既読 23:02 最近中学生の女の子の相手をしてるんですよ。
結構楽しいです笑

そうなんだ 23:48

メッセージの送信を取り消しました

メッセージの送信を取り消しました

メッセージの送信を取り消しました

ごめん、気にしないで。おやすみなさい 3:12

Aa

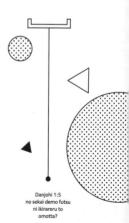

# 運命の歯車は動き出す

## 幼馴染系ＪＤは心配する

Danjohi 1:5 no sekai demo futsu ni ikirareru to omotta?

大学の学食というのは、基本的にお昼休みになってから行くと席が取れないことが多い。

生徒数よりも圧倒的に席が少ないのが主な理由で、席が取れないとわかっているからか、授業が終わると大学の外に出ていく学生も少なくない。

しかしやっぱり安い上に、味も悪くないので、できることなら学食でお昼を済ませたいのが学生の本音。

「恋海《こうみ》～！　やはやは～！」

だからこうして、先に学食の席を取っておいてくれるのは大学生活においてとてもありがたいことで。

腕を元気にブンブンと振り回すみずほの元に、私はランチセットのトレーを持ちながら慎重に人の合間を縫ってたどり着いた。

「みずほありがとう！　今日も元気ね〜」

「んふふ。ま〜ね！　食べよ食べよ〜！」

「ってかみずほ昼からカツ丼って……重くないの？」

みずほは、私の友達の中で一番の元気印。

高校の時からいっつも明るいし、はしゃいでるしで、何度この無邪気な明るさに救われたかわからない。

男を捕まえようとして玉砕するのが日常と化してるが……なんでこんなに可愛《かわい》いのに彼氏できないんだろ。

トレードマークのツインテールと、ぱっちりと開いた瞳。

線が細く、身長も私より小さくて、いわゆる可愛《かわい》い系。

オーバーサイズのTシャツに、薄いデニムジャケット。

黒のショートパンツからは彼女の細く綺麗《きれい》な脚がすらっと伸びている。

その人懐《ひとなつ》っこい笑みは、女の私でもちょっとドキッとすることがあるほどなのに。

「へっへ〜ん！　今日は超大事な日だからカツ丼！　勝つためにね！」

「なんの勝負……？」

「それはもちろん……恋の勝負なのだ!!」

恋に恋してる感じがあるのが……マイナスなのかな？

私は思わず苦笑い。

「告白でもするの？」

「そうです‼　いやー今回は勝率高めだと思うんだよね！　結構お話ししてるし‼」

「あ、もしかしてバドサーのけいとさん？」

「そーそー！　なんかサークルの時良く目合う気がするし、これは間違いない！　と思ってね！」

「いやハードル低くない……？」

それアイドルのライブ行って最前列付近にいた人が良く言うセリフだけど……。

「あ〜！　恋海《こうみ》最近自分が絶好調だからってバカにしたな⁉」

「ぜっ……絶好調なんかじゃ、ないよ〜」

「あ〜！　ニヤけてる！　ずるいずるい！」

みずほには悪いケド、確かに私は将人《まさと》とだいぶ調子が良《い》い。

そんな勝ち誇ったような表情をしていたらポン、と肩に手が置かれた。

「ま〜待っていたまえよ……私がGETした暁には、ダブルデートと洒落《しゃれ》こもうぜ……」

「いやあんたそれ死亡フラグだからやめなって……」

本当に、みずほは高校の時から性格が全然変わってない。

陽気で、クラスの中心にいて、皆を盛り上げて。

そんなみずほだからこそ、私も幸せになって欲しいなって心から思う。

カツ丼を食べ終えたみずほが、両手を合わせた。

「ごちそうさまでした……それでは！　私は部室に行ってまいりますので、吉報を待たれよ！」

「ええ⁉　今から⁉　だいぶ急じゃない？」

「善は急げ！　いつだって運命は待ってくれるわけじゃないのよ、お嬢ちゃん……」

ちっちっちと。

可愛《かわい》らしい動作で細い人差し指を振ったみずほが、席を立つ。

るんるん気分で出ていった彼女の姿が見えなくなるまで、目で追って。

「大丈夫かなあ……」

パスタを一口頬張りながら、みずほの告白の成功確率をなんとなく考える。

けいとさん。バドサークルの先輩で、確かに人当たりは良《い》い。けどなんか裏がありそうで、

私はちょっと嫌だなと思っていた。

あからさまに一部の先輩女子としか一緒にいないし……。

腕時計を見る。

3限開始まではもう少し時間があった。

「部室棟の方寄ってから行こっかな……」

3限は将人《まさと》と同じ授業。席をとっておいてあげたいのはやまやまだが、みずほの告白も気になる。

成功したらしたで、お祝いしてあげないとね。

食べ終わった私は手早く将人《まさと》に連絡だけ入れて、部室棟の方へと向かうのだった。

部室棟。

3限が終わったあたりから賑《にぎ》わうこの辺りは、今はまだ人が少ない。

講義が行われる棟と若干離れていることもあり、授業の合間にこっちに来るのはそれこそ空きコマがある人くらいだ。

「……いない、か」

とりあえずバドサーの部室を見に行ったが、みずほの姿はない。

もしかしたら、もう終わったのかもしれないし、そもそも告白が中止になった可能性もある。

「教室行くかぁ」

特にみずほから連絡はないし……でももし仮に成功していたら、とんでもない勢いで連絡が来そうなものだが。

「え？　付き合ってくださいって本気で言ってる？」

声が、聞こえた。

嫌な予感がして、私は声の方へと向かう。

（……！）

物陰に、身を隠した。

部室棟の最奥《さいおう》。非常階段の前に、2人の男女。

こちらから表情の見えない後ろ姿は、トレードマークの低い位置のツインテール。

（みずほだ……）

見間違えるはずもない。親友の姿。

「え？　マジで言ってるの？　俺はさっきから1年にもたまには声かけてあげてって言われたから仕方なく声かけてただけだよ？　そんなんで勘違いしちゃったの？」

「……ごめん、なさい」

……は？

私は急激に自分の体温が下がっていくのがわかった。

「まあそういうことだから……二度とこういうことしてくんのやめてね？　時間の無駄。あとこれ他の女子に言っても許さないから。どっちがどういう立場かくらいは、わきまえてね？じゃ」

許せない。

許せない許せない許せない許せない許せない。

あんな人が、みずほの心を傷つけたという事実が許せない。

――しまった。録音でもしておけばよかった。

そうすれば、あいつの本性を暴いて、晒《さら》し上げることができたというのに――。

「盗み聞きとはおぬしも悪よのう？」

「……！……みずほ……ごめん」

気付けば、みずほが私の隠れていた物陰まで戻ってきていた。

「いーのいーの！　心配して来てくれたんでしょ？　恋海《こうみ》殿のやさしさに、拙者《せっしゃ》涙々でござるよ～！」

「みずほ……」

わかっている。長い付き合いだから知っているし、長い付き合いじゃなくたって、こんなの、誰だってわかる。

今のみずほは、空元気だ。

「いや～！　イケると思ったんだけどなあ！　ものの見事に、バッサリ！　ぐわあああ私のＨＰはもうゼロよ～ヨヨヨ」

「……」

刀で切られた物まねをして、みずほはペロ、と舌を出した。

「なかなかうまく行きませんなあ！　恋海《こうみ》殿、ダブルデートは、もうちょい待ってて☆」

「うん……みずほなら、あんな奴《やつ》より絶対良《い》い人見つかるから」

わかってる。こんな空虚な言葉じゃ、みずほの心を癒《い》やすことはできないって。

安い励ましだって、わかってる。

みずほだって、わかってるはずなのに。

「うおおおお！　やる気出てきたあ!!　やったるぞ〜！　……だから恋海《こうみ》は、今の彼、大事にするんだヨ？」

「うん……」

なんでだろう。私の方が泣きたくなってきた。どうしてみずほがこんな目に遭わなきゃいけないの？

こんなに可愛《かわい》くて、健気《けなげ》で、誰にだって優しいみずほが……。

「ね。3限彼と一緒でしょ？　早く行った行った！」

「え……でもみずほは……」

「拙者《せっしゃ》、少々夜風に当たりたいでござる〜！　彼待たせちゃダメだよ！　早く早く！」

「……みずほ」

しっしっと。

軽く手でジェスチャーするみずほ。

いくつもの言葉が喉から出かかって……私は全部飲み込んだ。今どんな声をかけたって、逆効果になるかもしれないと思ったから。

今は、1人にしてあげた方が良《い》い。

私は、教室棟へ向かった。みずほの方へは振り向かない。

背中に感じるみずほの気配が、いつもの何倍も弱々しかったから。


講義開始のチャイムが鳴って、その瞬間に私は教室へと滑り込んだ。

(あぶな～!)

出席のカードリーダーをかざして、教室を見渡す。

奥の方の後ろで、1人の男子がこちらに手を振っている。

(あ、好き)

溢《あふ》れ出《だ》した衝動を感じて……だけど、先ほどまでのみずほの一件を思い出して心が痛んだ。

あいつ……絶対に許さない。

「ごめんありがとう席取ってくれて……!」

「いいよいいよ。こういうのは助け合いっしょ? いっつも席取ってもらってるしなあ」

あーカッコよ可愛《かわい》すぎる。

この世の全ての良《い》い要素を詰め込んだ人。神。だからこそ、さっきのゴミを思い出して、反《へ》吐《ど》が出た。黒い感情が再び私の中で渦巻く。

みずほを……よくも……許せない。

「……なんかあったん？　暗い顔だけど」

「……実はね」

細かい表情を見抜いて気遣ってくれる。本当に将人《まさと》は良《い》い人だ。

私は事の顛末《てんまつ》を話した。もちろん、みずほの恋愛体質とかその辺は伏せながら。私に親友がいることは知っているから、その親友がどんな目に遭ったのか。

どれだけ私がその先輩を、許せないか。

思わず声が大きくなりそうになるのを、必死で堪えながら。

「……ひっでえな……なんだそれ」

「……だよね」

将人《まさと》も思わず眉を顰《ひそ》めていた。いくらなんでも、ひどすぎる。

男は確かに不遜で傲慢な人も多いが、今回のは特別ひどい。あそこまでひどい言い草を聞いたのは、初めてだ。

「許せねえな……どんなことされたか他の先輩とかに言っちゃってもよさそう……ってのは、俺が甘い考えなのかもだけど」

「……みずほがね、優しすぎる性格だから、多分良く思わないと思う。個人的にはめちゃくちゃ言いつけてやりたいよ私だって」

あの先輩は、女子人気が高い。

みんな本性を知らないのだ。

だからもし仮にこれを言いつけたとしても、旗色が悪いのは明らかにこっち。それがわかっているから、私も悔しい。

「……なんだろ、そいつが許せないのは確かだけどさ……もうこうなったらさ」

しばらく思い詰めていた将人《まさと》が明るく振り向いた。

「そいつより幸せになるしかないよね。ざまあみろって。お前なんかよりも良《い》い相手見つけて、私は幸せですって見せつけてやるのが、一番の仕返しになるんじゃないかな」

……ほんと、私の好きな人は性格が良すぎる。

「そう……だね。みずほには、幸せになってほしい」

私は先ほどまでの弱々しいみずほの姿を少し思い出して……心の底からそう思うのだった。


4限が終わって。

今日は水曜日。あわよくば今日、将人《まさと》とデートできないかな~なんて思っていたのだが。

「ごめん！　なんか急に呼び出されて、帰らなくちゃいけなくなった！　すまん！」

と言って勢いよく大学を飛び出していく将人《まさと》を止めることはできなかった。

呼び出されたって誰に!?　って聞いたら、「親みたいな人！」って言われたから仕方ない。

明日も会えるしね。

将人《まさと》を見送って、スマホを開く。

みずほから連絡は、あれ以降返ってきていない。

電話もかけたが、繋《つな》がらない。

「……大丈夫かな……」

いくら玉砕がいつものことと化した親友であっても、今回のことは流石《さすが》に堪えたと思う。

隣で見ていていっつも思うのだが、みずほはきっと、恋に恋してるだけであって『相手』には恋していないように見える。

そんなみずほが、いつか心の底から恋ができる相手が見つかればな……。

それこそ、私にとっての将人《まさと》のような。

「明日、パフェでも奢《おご》ってあげようかな」

大の甘党であるみずほのことを思って、私も帰路についた。

恋海《こうみ》と受けていた授業が終わった。今日はバーのバイトの曜日である金曜日ではなく。普段なら帰る前にちょっとバスケしたり、どこかで時間を潰してから帰るのだが、藍香《あいか》さんから『ごめん今日1人欠員出ちゃって緊急で入れない？』と連絡を受けて、バイト先へ。

バイト入れるならそれに越したことはないからね！　奨学金を返さなきゃいけないから、お金はいつだって欲しい。

今日は水曜日なのできっと常連の星良《せいら》さんも来ないだろうし、おそらくは受付とかお酒作ったりとか裏方の仕事だろう。

接客をしないのであれば服も裏方用の制服で良《い》いだろうし、それであればなんの問題もない。

「お疲れ様です〜」

時刻は18時過ぎ。

既にバーは開店しており、休憩室には1人しかいない。鏡と向き合ってヘアセットしている先輩が、俺に気付いた。

「お〜！　まさと久しぶりやん！　そーいやなんか常連できたって聞いたぞ〜？　やるじゃん」

「ゆーすけさんお疲れ様です。あはは……たまたまっすよマジで……」

「お前は俺らとはタイプ違うけど絶対人気出ると思うんだけどな〜藍香《あいか》さんが金曜日固定って言っちゃったから仕方ねえけど！」

ゆーすけ先輩は俺が入りたての時に色々手伝ってくれた先輩で……このお店の中で、一番考え方が前の世界に近い気がする。チャラいけど。

女性に対しての考え方も全然傲慢じゃないし、性格良《い》いし……とても尊敬している先輩だ。

女性好き過ぎてこの仕事やってて、さらに恋愛方面でとんでもない武勇伝をいくつも持つこと以外は、だが……。

「……あれ、その怪我《けが》どうしたんすか？」

何故《なぜ》か右腕に、軽く包帯を巻いている。

「あ〜、これ？　いやこの前これ彼女にやられちまってさ……お前も気をつけろよＨＡＨＡ」

「そーいや思ってたんだけどさ、ちょっとまさとこっち来いよ」

「え？　なんすか？」

ゆーすけさんに手招きされて、俺は椅子に座らされる。

先ほどまで使っていたワックスを、ゆーすけさんが手に取った。

「まさと絶対オールバック似合うと思うんだよね。今日だけちょっと騙《だま》されたと思って俺にヘアセットされてみない？」

「え～……」

「いいじゃんいいじゃん！　美容師の学校行ってる俺が言うんだぜ？　任せろって」

まあ、今日は星良《せいら》さん来る日じゃないしいっか。

毎週会ってる星良《せいら》さんが俺の似合わないオールバックなんて見たら『え……まさとくん流石《さすが》にそれはないわ～』とか言われてもおかしくない。

流石《さすが》にせっかく指名までしてくれてるお客さんにそれを言われるのはダメージがでかい。

「今日だけっすよ？」

「よっしゃ任せな～？」

鞄《かばん》からジェルタイプのワックスとヘアアイロンを取り出すゆーすけさん。

あんま似合わないと思うけどなあ～……。

「まさと！　3番テーブルさんジンハイ2」

「はい！」

わかってはいたけれど、週末ではない水曜日でも、そこそこ忙しい。毎日来る猛者《もさ》のお客さんもいるくらいだ。

注文通りにお酒を作って、テーブルへ。

「お待たせしました……」

「私の男になって！」

「え〜もう冗談やめてよ〜」

……うん。まあ俺のことなんか見えてないみたいだな。

その方が助かる。

グラスを下げて、俺はひっこむ。このくらいのことは日常茶飯事だ。

洗い場でグラスを洗っていると。

「まさと！　悪いんだけどさ、駅前のドラッグストアでトイレットペーパー買ってきてくんね⁉　なんか無くなっちゃったっぽくて！」

忙しいようで顔だけ洗い場に出したゆーすけさんが、焦《あせ》った様子で俺に買い物を頼む。

トイレットペーパーが無くなるのはまずいな。昨日は閉めの時トイレのチェックちゃんとしなかったのだろうか。

「承知しました！　行ってきます！」

「悪いな！　今みんな接客入っちゃっててよ……カードそこにあるから！　領収書もらってきて！」

「はい！」

手を拭いて、俺は店を出る。

このヘアスタイルと格好《かっこう》で外出るのちょっと恥ずかしいけど、まあええやろ。

あたりはもう暗い。仕事帰りのＯＬや学生でごった返す駅前。

そんなに大きな都会の駅ほどではないにせよ、人とぶつからずに歩くのに気をつけなきゃいけない程度には人が多かった。

「早いとこ買って戻らないと……」

そんな混雑の中、こんな格好で好んで歩く趣味はない。早い事買い物を終えて店に戻ることにしよう。

そう思っていたのだが。目当てのドラッグストアが見えたその瞬間。

「すみません……！　コンタクト落としちゃったんです……！　ごめんなさい……！」

女の子が泣きながら、道端に蹲《うずくま》っていた。彼女が泣いていたからコンタクトが取れてしまったのか、それとも他の要因かはわからないが……。

それでも全く意に介することなく過ぎ去っていく周りの人達を見て……。俺は無視するという選択肢を取れなかった。

「大丈夫ですか？　コンタクトですよね。一緒に探します」

「え……？……すみません、ありがとう、ございます」

コンタクト片目取れている状態で、彼女の視力が元々いくつあるのかはわからないけれど、そんな状況で探すのは困難を極めるはずだ。

俺は幸い視力は良《い》い方なので……彼女よりも早く、コンタクトを探し出せるはず。

「すみません！　ちょっとコンタクト探してますので！」

俺も周りに一声かけて、ポケットに入っていたスマホを取り出す。操作してライトを光らせてから、地面に這《は》いつくばった。この程度なんてことない。今日は幸いお店の制服だし、洗えばなんとかなるでしょ。ごめんね藍香《あいか》さん！


探し始めて1分ほど。

割と早めに、俺は地面に光る小さなコンタクトレンズを発見。

「あった……！　ありましたよ！」

「……！」

俺はそれを丁寧に拾うと、ポケットからハンカチを出して、その上にコンタクトを乗せる。

彼女の元へと歩み寄った。

セミロングの黒髪には、インナーカラーで赤が入っていて。涙でぼろぼろではあるものの、彼女の瞳はそんな髪色と対照的に綺麗《きれい》な水色で染まっていた。

きっとこんな状況でなければ、十分すぎるほどに可愛《かわい》い女の子なのだろう。

しかしその顔を見られたのも一瞬。すぐに彼女は、俺から視線を逸《そ》らして、うつむいてしまう。泣き顔を見られるのが、嫌だったのだろう。

「……はい。気を付けてね」

「ありがとう……ございます」

「あ、このハンカチは別に返さなくていいから。じゃ！」

「……え、あ、あのちょっと待ってください!!」

……え〜、このまま颯爽《さっそう》と立ち去ったら珍しく結構カッコ良くなかった？　女の子の方に、もう一度振り向く。

……。

間。

……？　あれ、俺呼び止められたよね？

「……えっと……ごめん、俺急いでるから！」

「……ぁ」

心苦しいが、ここはミッション優先。

まあ、彼女ももう目も見えるようだし、大丈夫だろう！　うんうん！　良《い》い事した後は気持ちが良《い》いね！

さくっとトイレットペーパーを購入し、店へと戻る。

「戻りました〜」

「お〜！　遅かったやん、混んでた？」

「そっすねえ……ちょっと混んでました！」

さっそくトイレに向かい、トイレットペーパーを補充。ついでにトイレの清掃を済ませてチェック欄に自分の名前を書き込もうとして……。

「あれ？　ボールペンどこいった？」

先週まであったはずなのだが、胸ポケットに差しておいたボールペンが無い。

ま、いっか。ボールペンくらい新しいのあるやろ。

俺は大して考えもせず……バックヤードから新しいボールペンを借りることにする。

すると。

「おいまさと！　お前すぐ着替えてこい！」

「……え？」

「指名だよ指名！　なんかお前の常連の子？　来てて、お前指名してるんだって」

……星良《せいら》さん？　俺金曜日しか基本いないって言ったのに？　あ。あれか。一応俺指名して、いないってわかったら他のボーイ頼むつもりだったのかな？

「わ、わかりました～！」

「俺が席案内しとくから！　2番テーブルな！」

「はい～！」

ロッカーに制服をぶち込んで、俺は接客用のスーツへと着替えるのだった。

某アイドルグループもびっくりの早着替えをすませて……俺はグラスと氷を持って2番テーブルへと向かっていた。

そこには、相も変わらずガッチガチに固まったスーツ姿の女性が1人。

「星良《せいら》さん、こんばんは。また来てくれたんですね」

「……ええ」

あれ？　元気ない？　心なしかポニーテールも力なく垂れ下がっているように見えるし、頬もやつれているように見える……それでも美人だけど。

仕事で疲れたのかな。となると、俺の役目はそういう時に元気づけることだと思うし、今日は頑張らなきゃな……。

「でも驚きました。星良《せいら》さん金曜日しか来てないって言ってたので」

「……外で、このお店に入っていくあなたが見えたから……」

「あ、なるほど！　ちょっと買い物してたんです！　今日は接客予定なかったので制服で！

恥ずかしいんですよね意外と……」

いつもなら俺が話している時はこっちを見たり目を逸《そ》らしたりで忙しい人なのだが、今日は俯《うつむ》いたまま。

ありゃりゃ、こりゃ相当元気ない。

「……いいんですよ。ここでは何も隠さず、言いたいこと言ってくれて。俺は星良《せいら》さんに何があったのかわからないすけど……いつもみたいに、星良《せいら》さんの話聞くのは……結構好きなんです」

「……ッ！」

星良《せいら》さんが、膝の上に置いた手をグッと握った。

相当悲しいことがあったのかな……。

「ごめん……なさい……」

「……え？」

その手の甲に、ぽたぽたと何かが落ちていることに気付く。

星良《せいら》さんは、泣いていた。

「ごめんなさい……本当に、ごめんなさい……！　私……！」

その様子が、なんか見ている俺も辛《つら》くて……。

気付いたら、その背中に手を伸ばしていた。

ゆっくりと、背中をさする。

「大丈夫です。なにがあったのか……俺にはわからないですけど……星良《せいら》さんはきっと悪くないです。良《い》い人ですもん。星良《せいら》さん」

我ながら空虚な言葉だなあと思う。まだ知り合ってたった1ヶ月ちょっとで。会えるのは週に1回程度で。

大半がお酒に酔って会社や元カレへの悪口を言って鬱憤を晴らすようなことを言っている彼女。

それでも。困っていた俺を助けてくれた事もあったし、一緒にここで過ごしたありのままの彼女の姿も、俺は嫌いにはなれなかった。

口をついて出る言葉は攻撃的でも、芯は優しい人なのだ。だから空虚な言葉でも、もしそれが彼女の助けになるのなら。

俺は力を貸してあげたいな、と思ってしまったのだ。

そのままにしていると、星良《せいら》さんが俺の方に身体《からだ》を寄せてくる。肩と肩がくっついて、星良《せいら》さんの小さな頭が、俺の肩に乗っかった。

……これは見つかったらちょっとまずいか……？　まあ、これくらいなら言い訳きくかな。きっと。

そもそも、こんな状況で俺は今の星良《せいら》さんを無下にはできない。

「大丈夫です。星良《せいら》さん。星良《せいら》さんが優しい人なの、俺は知ってるんですから」

「……ごめん……ね……！　私……最低な女だ……！」

星良《せいら》さんの背中をさすりながら、俺は少しだけ疑問に思った。俺が優しくするたび。こうして距離が近づくたび。

何故《なぜ》か星良《せいら》さんは、更に涙を流しているような気がしたから。

# 元気っ娘JDは運命に出会う

恋はとても素敵なもので、楽しいもの。

だから大学に入ったら、素敵な恋をして、勉強もまあ、そこそこ頑張って、幸せな大学生活を送るんだって意気込んでた。

友達もたくさん作って、たくさんの場所に遊びに行って、たくさんオシャレして、たくさんの思い出を作って……。

キラキラした日々を送るんだって！

大学に入学して2ヶ月。

今の所、友達はたくさんできたし、サークルでも上手《うま》くやれてると思う！

ただ……恋はなかなかどうして上手《うま》く行かない。

カッコ良いな、と思う人はけっこーいる。先輩でも、同級生でも。

けど、なんだろう。彼氏は欲しいけど、彼女になりたいなと思う人に出会うことは未《いま》だに無い。

『付き合ってみたら意外と悪くなかったりするよ！』

『とりあえず付き合っちゃえばいいじゃん』

『大学卒業して年齢＝彼氏いない歴は嫌じゃない？』

友達同士の会話で起こる、恋愛観の論争。

確かに今の時代、付き合ってもらえるだけありがたいので、とにかくアタックしまくって、付き合ってもらえるように頑張るのはありだと思う。

彼氏がいるっていう状況、確かに経験してみたい気もする。

自分から動かなきゃ、チャンスなんて回ってこないしね！

――けど、私は最近考える。

（そもそも恋って……好きってなんだっけ？）

カッコ良いな、と思うことと、好きだな、と思うことは違う。

それはそうだ。テレビのアイドルはカッコ良いなと思うけど、それは別に好きには繋《つな》がらない。

じゃあ好きって？

多分、私が憧れた恋愛って、その人の動作とか、内面とか、言葉とかに触れた時に、どうしようもないほどドキドキして。

この人と、ずっと一緒にいたいって、強く思うことだと思ってた。

けど、そんなこと、人生で一度だってありはしなかった。

まあ、現実なんて、そんなもんだよね。

だから皆妥協して、折り合いをつけて、我慢して。

ちょうど良《い》い人を見つけてる。

だから私もそうしなきゃいけないいんだって思って。

——それで。


「え？　付き合ってくださいって本気で言ってる？」

なんで、こんな思いしなきゃいけないいんだっけ。

あ〜久しぶりに効いたなあ……ここまでひどい事言われたのは、流石《さすが》に初めてかも。フラれること自体には慣れっこなんだけどなあ。けいとさんがいなくなった方を眺める。

怒りは全然湧いてこない。

怒りが湧いてこないのは、私の中で腑《ふ》に落ちる部分もあるからで。きっと、そこまで付き合ってほしくもなかったのかもしれない。

こんなこと言ったら失礼だけど、私の方だって熱なんて持ってなかった。

だから、私も悪い。お互い様なんだね。

ふー、と深く息を吐いて、来た道を戻る——と、物陰に、見覚えのある黒いキャップが見えた。

……テンション、戻さなきゃだ。

「……頑張れ、わたし」

小さく声を出してから。

ちょこん、と隣に躍り出た。

「盗み聞きとはおぬしも悪よのう？」

「……みずほ……ごめん」

ちょっと人様には見せられないくらいの表情をしていた私の親友……五十嵐恋海《いがらしこうみ》は、私に気付いて申し訳なさそうに頭を下げた。

んーん。いいんだよ。恋海《こうみ》が優しいのは、知ってるぜ。だからそんな顔、しないで。

「いーのいーの！　心配して来てくれたんでしょ？　恋海《こうみ》殿のやさしさに、拙者《せっしゃ》涙々でござるよ～！」

「みずほ……」

そんな悲しそうな顔をしないで欲しいでござるな～！

大丈夫大丈夫、私は元気。

この程度でへこたれるみずほちゃんではないのだ！

「いや～！　イケると思ったんだけどなあ！　ものの見事に、バッサリ！　ぐわあああ私のＨＰはもうゼロよ～ヨヨヨ」

「……」

うんうん！　このくらいのお気楽さが私にはちょうどいい！

恋海《こうみ》にも、笑ってて欲しいしね！

「なかなかうまく行きませんなあ！　恋海《こうみ》殿、ダブルデートは、もうちょい待ってて☆」

「うん……みずほなら、あんな奴《やつ》より絶対良《い》い人見つかるから」

……恋海《こうみ》殿は優しいでござるなあ。

高校の時からの付き合いだけど、恋海《こうみ》と喧嘩《けんか》したことは一度だってない。

「うおおおお！　やる気出てきたあ!!　やったるぞ～！　……だから恋海《こうみ》は、今の彼、大事にするんだヨ？」

「うん……」

恋海《こうみ》は、今いい感じの男の子がいるらしい。

くう～！　うらやましいでござるなあ！　ちょっと遠目からしか見たことがないからわからないけれど、身長も程よく高くて、カッコ良い感じだった気がする。今度お話くらいはしてみたいものだね！　茶々入れたいし！

でも、今は。

「ね。3限彼と一緒でしょ？　早く行った行った！」

「え……でもみずほは……」

「拙者《せっしゃ》、少々夜風に当たりたいでござる～！　彼待たせちゃダメだよ！　早く早く！」

「……みずほ」

申し訳なさそうな顔をして、恋海《こうみ》が私に背を向ける。

も〜なんでそんな複雑な顔するのさ！

恋海《こうみ》が今幸せなら、私も幸せでござるよ？

恋海《こうみ》もだいぶ幼い頃の恋を引っ張って、苦労したの知ってるんだから。恋海《こうみ》は、一度もこちらを振り返らなかった。

そのままこっちから見えなくなるまで見送って、私は一息。

「は〜。ま、こんなもんだよね！」

大きく伸びをする。

ここら辺は講義を行っている教室棟から少し遠く、もう3限が始まろうとしているこの時間帯は人が少ない。

ゆっくりと、歩き出した。

「さ〜て！　恋海《こうみ》のためにも切り替えて新しい、おと、こを」

『そんなんで勘違いしちゃったの？』

なんでだろう、ちょっと声が、出にくいな。

「さが、す……ことに、しま、すか」

『どっちがどういう立場かくらいは、わきまえてね？』

――頬を伝って流れるこれは。

――地面に落ちてしみを作るこれは。

お願いだから、止まって。


内容が全然頭に入らないまま、午後の授業を終えた。

正直ほとんど上の空だったと思う。一緒に受けている友達が今日は休みで助かった。今私は学内の空きスペースにある椅子で休憩中。

「玉砕だった、よ、っと……」

同級生の仲良しメンバーに、SNSで告白の報告をする。もちろん、言われた事とか、けいとさんの性格とかは伏せて。

恋海《こうみ》からも心配の連絡が来ていたけれど、今は返す気にならなかった。きっと、私の心配をするよりも、彼と楽しい時間を過ごしたほうが、恋海《こうみ》的にはいいはずだしね。

スマホを閉じて、背もたれによりかかった。

窓から、夕日が差し込んでいる。

もう、日も沈みそうだった。

「かえろうかな」

いつもより、足が重い。まいったな……明日までに、メンタル回復できるだろうか。

それにしても失敗した。サークルの先輩となるとこれからも顔を合わせなきゃいけないのが一段と辛《つら》い。

考えただけで、憂鬱な気分になった。


大学の最寄りの駅から電車に乗ってしばらく……。私は今、乗り換えの駅のトイレでうずくまっていた。

どうやら、電車で酔ったらしい。

「ははは……電車で酔うってなに～？　私こんなによわっちかったっけな～」

情けない。本当に情けない。

トイレの手洗い場の鏡を見て、自分の顔の酷さに驚く。泣きすぎたせいで目の周りはひどく赤く、化粧も崩れ。

顔は不自然なほど青白い。

(ひっど……こんなの知り合いに見られたら……)

私は髪をツインテールにしばっていたゴムを外す。

(今は、これでいいや)

髪型をただのロングにして、なるべくこんな顔誰にも見られたくないから、マスクをした。

今は、いつでも元気な戸ノ崎《とのさき》みずほはいない。でも、明日からまた頑張るから許して欲しい。

「近くにドラッグストアがあったはずだよね……」

酔ってからでも効く酔い止めが欲しい。私は重い足と、倦怠感《けんたい》を訴える身体《からだ》を引きずって駅のトイレを後にした。

本当に、なにをしているんだろう。

たかだか男にフラれたくらいでこんなに傷ついて。

たまたま相手の口調がちょっとキツかったくらいでこれでは、私のメンタルもまだまだだ。

『どういう立場かくらいは、わきまえてね？』

「……ッ！」

頭の中をリフレインする。

記憶は強い感情を伴ったものほど強く刷り込まれるというが、こんなのあんまりじゃないか。また、涙が出る。性懲りもなく。

もうやめてほしい。もう十分泣いただろう。思わず私は無理やり目元をこする。また思い出して泣くなんてバカみたいで――。

――ドンっ！

肩に、衝撃。

通行人と、ぶつかった。

「チッ……！　前見て歩きなさいよブス……！」

……あれ。

前が、よく見えない。

視界が、気持ち悪い。

コンタクト、落とした？

最悪だ。

私は裸眼の視力が0・1もない。

「すみません……！　コンタクト落としちゃったんです……！　ごめんなさい……！」

ああもう……本当に今日は、最悪の日だ。仕方なく、私は地面を這《は》いつくばる。今の私をそのまま表しているかのような、惨《みじ》めな姿。

――そんな、時だった。

「大丈夫ですか？　コンタクトですよね。一緒に探します」

「え……？」

声が、かかった。男の人の声。

顔を上げる。

視界が涙と視力のせいでぐちゃぐちゃなのでしっかりとは見えないが。

カマーベストに、黒の蝶《ちょう》ネクタイ。

髪はかっちりとオールバックにまとめた、紳士然とした男の人が立っていて。こんな状況なのに。

カッコ良い、と素直に思ってしまった。

「すみません、ありがとう、ございます」

そして私はとっさに、頭を下げた。

こんな酷《ひど》い顔を、見られたくなくて。

「すみません！　ちょっとコンタクト探してますので！」

びっくりする。

こんな女のために、見るからに仕事中であろう男の人が……？

頭が混乱する。

思考がまとまらない。

不思議な感覚だった。

この雑踏の中。他の雑音がかき消えて。世界に私と、このお兄さんしかいないような気すらして。

小さく鳴り出した、心臓の音がうるさかった。

「あった……！　ありましたよ！」

何分くらい経《た》っただろうか。あっという間だった気もするし、とても長かった気もする。

お兄さんが嬉《うれ》しそうな声音で私に報告してくると、私の元へと届けにきてくれた。

「はい。気を付けてね」

「ありがとう……ございます」

丁寧にハンカチの上にコンタクトレンズを乗せて。

その渡し方が、あまりにも丁寧で。

今日あんなことがあったからかな。

このお兄さんの優しさが、胸に溶け出して……溢《あふ》れていく。私という容器は小さすぎて、溢《あふ》れ出《だ》した感情が、涙となって流れ出した。

でも、これはさっきまでと同じ、悲しみの涙じゃない。

私は今、笑っている。

温かな気持ちになる。

喜びの涙。

ふとそこで、私は自覚する。

——なんでこんなに胸がドキドキするんだろう？

生まれてから今まで、感じたことのなかった初めての感覚。

「あ、このハンカチは別に返さなくていいから。じゃ！」

「……え」

お兄さんが、立ち去ろうとする。

え、待って。ダメだよ。

まだなにも、なにも聞いてないのに。

――ダメ！

「あ、あのちょっと待ってください‼」

お兄さんの、動きが止まる。

こちらを、振り向く。

その姿が、やっぱりとても、とても素敵に見えて。自分の今のみすぼらしい姿を思い出してしまってちょっと嫌になった。

今は、いつも元気な戸ノ崎《とのさき》みずほじゃない。

「……ッ！」

名前だけでも聞かなきゃ、とか。お礼をもっとちゃんと伝えなきゃとか。なんで助けてくれたんですか、とか。

たくさんの言葉が私の頭をぐるぐると回り出す。そしてその間も、ずっと。ず――っと。心臓が、バクン、バクン、バクン。

さっきまでは小さかったはずなのに。うるさい、うるさいうるさい！

やめて！　話させて！

もう二度と会えないかもしれないのに！

私に勇気をください！　神様！

「えっと……ごめん、俺急いでるから！」

「……ぁ」

手を伸ばす。

みっともなく。

けど、届かない。

再び世界に音が戻り、日常が帰ってくる。

今の一瞬が嘘《うそ》だったかのように思えるけれど、私の身体《からだ》にこもる熱と、右手に残ったハンカチがそれを否定する。

（バカ……バカバカバカ！　私のバカ……！）

名前くらい聞くべきだった。

せめて名前さえわかれば、ハンカチを返せたかもしれないのに！

それに……！

（どうしよう、どうしよう……！）

再びその場に、うずくまった。

まだうるさく鳴り続ける鼓動。

『どうしようもないドキドキ』

——ああ、もしかして、これが。


「……ぁ、れ」

……地面に何かが落ちている。

拾い上げてみた。

「ボール、ペン？」

それは一見、なんの変哲もないボールペン。

自分のではない。ということはあれだけ必死に探してくれた彼の物……？

どこかで見たことがある気がして、私はそのボールペンをくるくる回してみて——

「……ぇ」

ボールペン。

その手に持つ部分。

そこに、ロゴが入っている。

私の通っている大学のロゴが。

これは、私の大学で新入生全員に配られるボールペンだ。

「嘘《うそ》……え……！　じゃあさっきの人は……！」

私の運命が、動き出した。

ツンデレ系ＯＬは目撃する ●○●

「……はぁ……」

最近は、ため息ばかりが出る。

今日は水曜日。週の真ん中、折り返し。木曜日や金曜日はあと少しだし頑張ろうと思えるのだが、やっぱりこの水曜日あたりが社会人は憂鬱になりがち。

共感してくれる人も多いんじゃないかなと思う。

「星良《せいら》どしたのー？　最近はやる気に満《み》ち溢《あふ》れてたのに」

「みきさん……」

最近呼び捨てで呼んでくれるようにまで仲良くなった先輩のみきさん。

職場ではできる先輩として同期の皆からも信頼されている。……まあ職場ではね……私もそう思うよ……。

彼女の知りたくなかった一面を知ってしまったからか、変な目で見てしまうけど、やっぱりみきさんは良《い》い人だ。

「まあでも上司もうるさいし、週の真ん中ってやる気でないよね〜」

「そう、ですね……」

私がここまで落ち込んでいる理由はそこではないのだが……。もちろん言えるはずもない。

「ま、ほら、週末はまた〝宴《うたげ》〟、行こ？」

「……はい」

ズキリ、と胸が痛む。

優しさでそう声をかけてくれたのはわかっているが、今私にその単語はキツかった。

笑顔で他の社員に声をかけに行くみきさんを見送って、私はスマホを開く。

周りに誰もいないのを確認して……アプリのメモ帳を開いた。

そこには、『片里《かたさと》』という名字と……住所。

（最低だ……犯罪だってわかってるのに……）

——あの日。

まさと君を見つけて、家までストーカーをしてしまったあの日。あの日から私の心の中にずっしりと重い何かが巣くっている。

住所を特定して、何がしたかったのだろうか。

結局あの後の土日は上の空で……スマホに書いた住所を見ながら特になにもしなかった。

消そう、とももちろん思った。

こんな犯罪行為で得た情報なんかすぐさま消し去って、また明るい顔でまさと君に会えばいい。

そう思った。

あんなにいい子なんだ。ちょっと「実はこの前帰るとき公園の方に行くまさと君っぽい人見えたんだけど家そっちのほうなの？」とか聞けば答えてくれそうだし。

けれど……できなかった。

私の中の醜い部分がこの情報を離したくないとしがみついた。

初めて知った個人情報。

今まではただの店員と常連客で、それ以上でも以下でもない。というより、それ以上にはなれない存在。

実名すら知らず、好きなんですなんて周りに言った日には可哀想《かわいそう》な目で見られるのがオチ。

……その現状を、変えてくれるかもしれないと思ってしまった。

偶然を装《よそお》って。どこかのタイミングで、彼のプライベートで会えたら。

そう思ったら、胸が高揚してしまった。どうしようもないクズ。

けど、すがるしかなかった。

この今の関係を、細く細く、歯牙《しが》にもかけられないようなこの状況を打開して、天使のような彼に近づくためには。

禁忌に触れるしかない。そう思ってしまったのだ。

「……はぁ」

またため息が出た。

結局、何にも使えていない。今のところは。消せもしないくせに、何かを実行に移すこともない。どうしようもないクズなのに、その上臆病。

本当に、救いようがない。

「ま～ため息ついてる！」

「ひゃい⁉」

「ど、どうしたのそんな慌てて」

いつの間にかこっちに戻ってきていたみきさん。今スマホの画面を見られたら、私の人生が終わる！

とっさに画面を隠した。

「流石《さすが》の私でもスマホ勝手に見たりしないよ～。なになに、男？」

「ち、違います……」

「え、じゃあなにまさと君の写真集でも買ったの⁉」

「どういうことですかそれ……」

なんだバーのボーイの写真集って。

そんなものがあるのだろうか。

……とりあえずメモ帳の中身はバレなかったから良しとする。

この様子だと、みきさんは金曜日またあのバーに行く予定なのだろう。当然私も誘われる……と思う。

どんな顔して、まさと君に会えば良いのだろうか。

変に顔に出したら怪しまれそうだし……。かといって今いつも通り彼と会えるかと言われたら自信が無い。

そんな風にもやもやしていると、みきさんが私を不思議そうな顔で見た後、自分のデスクに戻ろうとしたので、とりあえず気になったことだけ聞いておく。いや一応確認ね。

社会人の基本は連絡確認相談だから。

「ちなみにまさと君の写真集っていくらで売ってるんですか？」

「いやんなもん無いわ」

「ったくなんで私だけ残業なのよあの上司……」

結局、なんやかんや理由をつけさせられて部署で唯一私だけ残業を命じられ、帰路につく。

ささっと終わらせたからそこまで遅い時間にこそならなかったが、無駄な労力を要してしまった。

「今日は早く帰ってゲームして寝よ……」

腕時計を見る。時刻は19時を指していた。

夏が近づいてきた季節とはいえ、19時となればもうだいぶ暗い。

だというのに駅前は街灯と施設の明かりで光源にはまったく困っていなかった。

(そーいえば化粧水と乳液買おうと思ってたんだった……)

駅の近くまで来て、化粧品の類がそろそろ切れそうになっていることを思い出す。幸い、駅前に大き目のドラッグストアがあるので、そこで買おう。

そう思い、進路を少しだけ変えて、ドラッグストアに向かう。

スマホを閉じて、顔を上げた。

——その時だった。

「……ぇ」

ドラッグストアの、目の前。

多くの人が駅に向かうその雑踏の中。

1人の男の子が、マスクをした女の子に、ハンカチを手渡していた。

それだけ見れば、カップルか何かかと思うだけなのだが。

男の子は見慣れた制服姿で。

髪型こそいつもと違うが、想《おも》いを寄せる私の目はごまかせない。

「まさと、くん……?」

小さく声が出た。

もちろん届くはずのない声量。駅前の喧騒《けんそう》に、容易にかき消されるほどの声量。

それでも、私は開いた口がそのままふさがらなかった。女の子にもちろん見覚えはない。

その女の子は、泣いているように見えて。

物語の一部に出会ったような気分になった。

周りの音も人も世界から消えて、２人だけが鮮明に頭に残る。

まるで、そう。

王子様と、お姫様が出会ったシーン。王子様のやさしさに触れて、お姫様の心が溶かされるシーンのように。


〝え、私は？〟


黒い感情が、暴れ出した。

この出会いを、場外で見ているだけの私は、誰？

メインヒロインとの出会いを見て、ただ嫉妬するだけの、モブ？

ヒーローの男の子に一方的に惚《ほ》れて、読者から、邪魔なだけと言われる、脇役？

――嫌。

嫌だ嫌だ嫌だ嫌だ嫌だ嫌だ嫌だ。

私が。私が私が私が私が！

私がまさと君と――！

「……ぉぇ」

気持ち悪くなって、膝に手をついた。

最近こんな汚い感情に振り回されてばっかり。

だけど、だけど譲りたくない。暴れ出した心臓の付近をぎゅっと握って、そのまま呆《ほう》けている女の子を見る。

マスクをしていた。

顔は涙でボロボロで……髪も荒れていて、服も這《は》いつくばっていたのかところどころ汚れている。

正直、可愛《かわい》いとは到底思えない状態。

(こんな子なら私でも――！)

「……ぉえ、ケホッケホッ……！」

私でもいいじゃない！　そう思ったと同時、自分のゴミさ加減に吐き気がした。

醜い。本当に醜い。

ヒロインに嫉妬するモブ。

その立ち位置が相応《ふさわ》しいクズっぷり。

よろよろと震える足に鞭打《むちう》って、私はまさと君の後を追った。

明日が仕事とか、買い物のこととか、もう私にはどうでも良かった。

私がお店について、受付に入ると、初めて見る店員さんが応対してくれた。

「ようこそ、お嬢様。初めてのお嬢様ですか？」

「いえ……」

「そうでしたか！　ご指名等は、ありますか？」

「……まさと君を」

「……ああ！　もしかして、まさとをよく指名してくださるお嬢様ですね！」

ああ。こんなことで。

こんなことで私の心は癒《い》やされる。ボロボロに乾いていた心が、暗い輝きで満たされていく。

このお店では、私だけがまさと君の専用なんだと思うだけで、歓喜に心が打ち震えた。

「はい。そうです」

「お嬢様運が良いですね！　まさと今日は本当は入《い》らないはずだったんですけど、たまたま入ってるんです。ちょっと時間かかりますので、お待ち下さい。私が案内させていただきますね」

たまたまじゃないけれど。

それを言ったら引かれるのは間違いないので、黙ってついていく。席に通されて、お酒用のグラスが置かれた。

勢いで来てしまったが、何を言えばいいんだろう。

さっき会ってた女の子は誰？

いや、そんな聞き方をしたら見ていたのがバレてしまう。

彼女はいるの？

……基本的にお店の性質上いるとしてもいないと言われそうではあるが、万が一にいると言われてしまったら、私が何をするかわからない。やめよう。

結局考えがまとまらないまま座っていると、彼が来た。

オールバックにした髪型も似合っている。

純朴な彼と強気なイメージのオールバックがギャップを演出していてドキっとする。

「星良《せいら》さん、こんばんは。また来てくれたんですね」

「……ええ」

やっぱり、さっきのは彼だった。億が一の確率で私の見間違いかもしれないと思ったが、やはりそんなことはなかった。

私がまさと君を見間違えるはずがないもの。

「でも驚きました。星良《せいら》さん金曜日しか来てないって言ってたので」

「……外で、このお店に入っていくあなたが見えたから……」

半分嘘《うそ》。外で見てたのは、もっと前だ。

あなたが、女の子に優しくしていた時から……。

黒い感情が、再び顔を出した。

「あ、なるほど！　ちょっと買い物してたんです！　今日は接客予定なかったので制服で！　恥ずかしいんですよね意外と……」

買い物しただけ？　違うよね？　女の子と、何かしてたよね？　あの女の子は誰？　なんで教えてくれないの？

ぐつぐつと煮えるように感情が沸き上がる。

醜い自分が、抑えられない。

「……いいんですよ。ここでは何も隠さず、言いたいこと言ってくれて。俺は星良《せいら》さんに何があったのかわからないすけど……いつもみたいに、星良《せいら》さんの話聞くのは……結構好きなんです」

「……ッ！」

煮えたぎっていた感情が、彼のやさしさによって冷まされていく。

それと同時に——自分がストーカーをしたという事実が私の感情を狂わせた。こんな優しい彼に、醜く嫉妬して、ストーカーまでして。

本当に最低な奴《やつ》だと、再認識してしまって。

「ごめん……なさい……」

私、こんな情緒不安定だったっけ。

涙を、堪えられなかった。

「ごめんなさい……本当に、ごめんなさい……！　私……！」

あなたを、ストーカーしたんです。

今日のことも、見ちゃったんです。

言えない。

嫌いになられたら死んでしまうから。

言えない。

背中を、さすられる。

「大丈夫です。なにがあったのか……俺にはわからないですけど……星良《せいら》さんはきっと悪くないです。良《い》い人ですもん。星良《せいら》さん」

ぶわっと。

自分の中で感情が加速する。

やってはいけないことをやってしまったという後悔と。

どうしようもないほど好きなんだという好意が、混ざり合って爆発する。

私は、彼に体重を預けた。

今だけは、甘えさせて。

「大丈夫です。星良《せいら》さん。星良《せいら》さんが優しい人なの、俺は知ってるんですから」

「……ごめん……ね……！　私……最低な女だ……！」

ああ。最低だ。

本当に最低。

だって今。

脳内に一つの答えが出てしまったから。

救いようのない、身勝手な答え。

まさと君が悪いんだ……。

私をこんなに惚《ほ》れさせておかしくしたあなたが。

ああ、嫌になる。

どうしようもないほど自分勝手な責任転嫁《てんか》でまさと君のせいにして。

彼の背中に、腕を回して。

引き寄せて、繋《つな》ぎ止《と》める。

脳が甘美に震えた。

今私にあるのは、まさと君を自分のものにしてぐちゃぐちゃにしたいという征服欲だけ。

ぐっと、力をこめて彼を抱き締める。そうだ、先に謝っておかなくちゃね。

ごめんね、まさと君。

——絶対に、放してなんかあげないから。

## [ 前田由佳の場合 ]

く ゆか

【見ればわかる!ステップバックのやり方!】
https://bbball.douga/?123987=
既読 21:15

前教えて欲しいって言ってた技術、この動画わかりやすかったから見てみて~!

うわあ~!すごい!わかりやすいです!ありがとうございます! 21:35

既読 21:46 難しい技術だし、今やる必要あんまないと思うけど

既読 知っておくことは悪い事じゃないと思うよ!

あ、私も将人さんに見て欲しい動画があるんです

── メッセージの送信を取り消しました ──

間違えました!!!!!!!

見ないで!ちょっと待ってください!

絶対に開かないでください! ……これ消せてる?消せてますよね??

間違えました!!!!!!!

【NBAドリブルスキル集】
https://NBAbaskeball.douga/?23416942=

これです!

え、上のやつ消えてますよね? 21:58

既読 消えてるよ笑

既読 この動画凄いね……

既読 22:04 ところでなんか一瞬すごいURLが見えた気がしたんだけど……気のせい?笑

気のせいです!!!!! 私もう寝ます!!! おやすみなさい!!!! 22:31

Aa

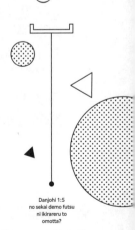

## 想いは加速する（正しい方向とは限らない）

### バスケ部ＪＣは襲いかける

Danjohi 1:5 no sekai demo futsu ni ikirareru to omotta?

今日は金曜日。

最近の私にとって１週間で一番楽しみな日。

中学校生活が始まって２ヶ月が経《た》ったけど、学校よりも楽しみにしちゃってることがある。

（今日はお兄さんとたくさんバスケできるといいな♪）

そう。公園でのお兄さんとのバスケの時間。

先週はちょっと色々あってあんまりバスケできなかったし……今日こそはたくさんバスケをしよう。

今は昼休み中。バスケ部の皆と、部活で使うバスケットボールを雑巾で磨いていた。

今日は部活がオフだけど、先輩から指示があって、こうして私達1年生はボールを磨くことになった。

全然これくらいは苦じゃないんだけど、同級生の子達は不満を言ってる子も多い。

でも私にとってみれば後は、このあとの5時間目を終えれば、私は公園に行くことができるからね！

へっちゃらかな！

「ねえ由佳《ゆか》」

「んー？」

隣で一緒にボールを磨いていたりかちゃんは、つまらなそうに私に話しかけてきた。

「最近金曜日どこ行ってるの？」

「……あ～えっと～……」

なんか最近すごく聞かれる。昨日も聞かれたし。

なんでだろ？　やっぱうきうきしてるのバレてるのかな……？

「ねえ、はっきり言ってほしいんだけどさ……男でしょ」

「ち、ちちがうよ⁉」

「あ～動揺してる～！　やっぱり男なんだ～」

「え⁉　なになに由佳《ゆか》彼氏できたの⁉」

「皆由佳《ゆか》に彼氏できたらしいよ！」

「違うってば！」

も――急にやめてほしい！

顔が熱くなる。お兄さんとは別にそういう関係じゃないし……。健全に、そう健全にバスケ教えてもらってるだけで。

「最近やっぱりおかしいと思ったのよね！　金曜日は一目散に帰っていくし」

「あの由佳《ゆか》が彼氏できたなら納得だわ～むっつりだもんね」

「ねーやめてよそんなんじゃないって！」

彼氏、彼氏か……。

もし、もしお兄さんと付き合えたら……どんなに嬉《うれ》しくて、素敵なことなんだろう。考えただけで、胸がドキドキする。

「あ～ニヤけてる！　やっぱり男なんだ！　もー許せない！　皆で今日由佳《ゆか》についていこ！」

「いいねいいね！　どんな男なのか気になるし！」

「や、やめて！　それだけはダメ！　絶対ダメ～！」

お兄さんはカッコ良い。いや、カッコ良すぎる。

多分皆ついてきたらカッコ良いと思っちゃうし、これからも来る子が出てきても全くおかしくない。それにお兄さんは優しいから増えても教えてくれちゃいそうだし……。

「なに？　その楽しそうな話。私達も混ぜてよ」

空気が、凍った。

恐る恐る後ろを見ると、体育倉庫の入口に、2年生の先輩2人が立っている。よく見ると、その後ろには2年生でカッコ良いと言われているバスケ部の男の先輩もいた。

「「「お、お疲れ様です」」」

「はいはいお疲れ。で？　なに？　由佳《ゆか》彼氏できたの？」

「……！……いえ、誤解、です」

この2人は、1年生の指導係になっている先輩で、正直、あんまり好きじゃない。怖いし、威圧的な人達だ。

「ふ～ん……ま、だろうね。その男もどうせ不細工だろうし」

「……ッ！」

お兄さんは不細工なんかじゃない――！　お兄さんをバカにされるのだけは許せない。

言い返そうと思ったけど……後ろでりかちゃんが見えないように私の制服の袖を引っ張っていた。

落ち着いて、ということなんだろう。

「ボール磨き、終わったの？」

「もう、終わります」

「あっそ。明日部活始まるときチェックするから。汚れあったら許さないからね？　あと由《ゆ》佳《か》」

名指しされ、先輩と目が合う。先輩はすたすたと近づいてきて、威圧的に私を見下ろした。

私の耳もとで、静かに言い放つ。

「──たかだか練習試合でスタメンとったからって、あんま調子乗らないでね」

「……」

「じゃ、私ら帰るから。──ごめんね、けんじ時間とらせて。ほら、行こ？」

先輩2人は男子の先輩を連れて帰っていく。

私は怒りをなんとか飲み込んで……息を吐いた。

「由《ゆ》佳《か》大丈夫？」

「ほんっとさいってーだよね。める先輩」

「なにあれ。わざわざ見せつけるように彼氏つれてきて。マジでキモいんだけど……」

私がスタメン……試合に出られるようになってから、異様につっかかってくるようになっためる先輩。

きっと自分がスタメンじゃなくて、1年生の私がスタメンになったからつまらないのだと思う。

それにしても。

（お兄さんを……バカにしたな……！）

私はどう言われたって良《い》い。

けれど、お兄さんをバカにされたことだけは許せなかった。


学校が終わって。

昼休みにちょっと嫌なことはあったけど、その程度でお兄さんとの時間への楽しみは薄れない。

さっそく家に帰ってきて公園に行く準備をする。お兄さんに借りたタオルも……返さなきゃ。

タオルをバッグに詰める。

もう私の家で洗濯してしまったからお兄さんの良《い》い匂いはしない……と思いきや、微《かす》かに香りが残っていた。

お兄さん、恐るべし。

最後にちょっとだけ。ちょっとだけタオルを顔に押し当てて……。

（ふわぁ……）
ダ、ダメだ。溶けるこれ。
洗濯後でこれなのだから、洗濯前にあんなことやこんなことをしてしまった私は誰も責められない。うん。絶対そう。

「なにしてんの？」

「うわあ⁉　お母さん急に入ってこないでよ‼」

「いやあんたが水筒作ってって言ったから……」

お兄さんの香りに包まれてたら、お母さんが部屋に入ってきていた。あ、危ない危ない。トんでる所を見られたら流石《さすが》に恥ずかしすぎる。

「じゃあ行ってくるから‼」

「あ、ちょっと由佳《ゆか》～！」

お母さんの声も聞かず、私は勢いよく出ていった。

お兄さんが待ってるんだ！　ほんっと――に楽しみ！


「あのコ、天気予報ちゃんと見たのかしら……」


「お、お兄さん、今日こそはこの場所を譲ってもらいます‼」

「お、来たな～由佳《ゆか》ちゃん」

15時過ぎ。

やっぱりもうお兄さんは先に来ていて、準備運動をしていた。今日のお兄さんの格好《かっこう》も素晴らしい。白のTシャツの上に紺のデニムシャツ。

今日はちょっと涼しい方だから、これくらいの清涼感が見ていて気持ちが良くて。

しっかり動きやすい緩めのズボンも、お兄さんの身長にマッチしていてカッコ良い。……そういえば、由佳《ゆか》、ちゃんか。呼び捨ての方が、親密な気がして嬉《うれ》しかったけど……。

ワガママ、かな。

私は、ちょっとだけ勇気を出してみた。

「あ、あの！　私たちは敵同士ですので、な、情けは不要です。由佳《ゆか》と、どうぞ呼び捨てにしてくだ、さい」

ど、どうかな。なんか武士みたいになっちゃったけど、ギリ自然じゃない？

恐る恐るお兄さんの表情を窺《うかが》うと。

「ふふふ……あははは！　確かに、確かにそうだね！　よーし由佳《ゆか》。今日もこの場所は俺のものにさせてもらうぞ？」

――ッ！　やった！　嬉《うれ》しい！　それに、笑顔のお兄さんも眩《まぶ》しい！　カッコ良い‼　好き！

思わず小躍りしてしまいそうになる。

「で、では早速……」

「こーらダメだ」

「え？」

私がボールをリュックから出して、さっそくバスケをしようとすると、お兄さんが立ち塞がった。

「先週のこと、もう忘れたの？　準備運動！　今日はちゃんとしないと勝負はしませーん」

「……！　は、はいそうでした！」

手でバッテンを作るお兄さんも素敵……可愛《かわい》い……。じゃない。確かにちゃんと準備運動しないと。

屈伸運動、ストレッチ。入念に私は準備運動を開始する。その間もお兄さんはゴールに向かってシューティングをしていた。本当に、柔らかなボールタッチ。

綺麗《きれい》なシュートフォーム……。思わず見惚《みと》れちゃう。

カッコ良い横顔を見て……昼休みに先輩にバカにされたのを思い出してイラっとしてしまった。

でもいいんだ。あの先輩は私がこんな素敵な人とバスケをしているなんて思いもよらないだろうから。

私は、勝手に優越感に浸るのだった。

「――ふっ！」

「おっ……！　マジか」

　ゴール下までなんとか持って行って、シュートフェイクからピボットでターン。なんとかお兄さんのブロックをかわした私が放ったシュートは、ゴールに吸い込まれた。

「……よしっ！」

「いやマジか……本気で止める気だったんだけどなあ……」

　お兄さんとのバスケは本当に楽しい。もちろんお兄さんのカッコよさにドキリとしちゃうこともあるけど、純粋に私はこのバスケが好きだった。

　お兄さんも、もちろん身長が私より高いのもあるし手加減はしてくれていると思うけど、私がギリギリ点をとれるかどうかの力加減で相手をしてくれる。

「本当に由佳《ゆか》どんどん上手《うま》くなるね……そのうち本当にこの場所取り返されちゃうかもな？」

「はい！　絶対に取り返します！」

　正直、取り返すつもりなんか全然ない。

　いつまででもこの時間が続けば良いと思う。

「じゃあ、次は俺のオフェンスだな」

「はい。来てください！」

　ボールを渡して、私がディフェンスの姿勢を取る。

　――と、その時。

ポツ、ポツ。

私の頭に、冷たい何か。あれ？

「おろ？」

お兄さんも頭を上げた。

バスケに集中しすぎて全然気にしてなかったけど。

あたりが急激に暗くなっていて。

雫《しずく》程度だったその感覚は、次の瞬間。

バケツをひっくり返したような量の雨が降ってきた。

「おわあ⁉」

「きゃ——⁉」

お兄さんと私は、すぐに避難する。

まずはボールをリュックにつっこんで、そのまま頭の上に持ってきて一時的に傘代わりに。

もー！　雨降るなら折り畳み傘もってきたのに！

「由佳《ゆか》！　あそこ行こ！」

「はい！」

お兄さんが指さした先……そこには屋根がついている休憩所みたいなところがあった。

走ってお兄さんと私は避難する。

「ふ――――！　まさかこんなに降ってくるなんてね」

「はぁ……はぁ……そう、ですね」

なんとか避難こそできたものの、一瞬で全身びちょびちょ。靴下もずぶ濡《ぬ》れで、靴の中が気持ち悪い。

「タオルタオル……由佳《ゆか》は大丈夫？　タオル持ってる？」

「はい、持ってま」

思わず、言葉が止まった。

今日はお兄さんに借りたタオルの他に、ちゃんと自分のタオルを持ってきた。

それはいい。

それよりも――

（お、おおおおお兄さんちょ、ちょちょちょちょちょっとシャツの下透けすけ、すけけけけ）

お兄さんも私と同じようにずぶ濡《ぬ》れで……白いTシャツの下……肌が微妙に透けている。

え、えっちすぎる……ちょっとまって。髪もいい感じに濡《ぬ》れてて、色気が、色気がすごい！

え、もしかして、これっていわゆる、事が起きる前？

「は～どうすっか流石《さすが》にこれじゃ無理だよなあ」

「……」

まずい。こんなことでお兄さんを性的に見ていることがバレてしまったら……！

待って、呼吸が荒くなってしまう。

なにも頭に入らないよ！

あ、頭に入らない。

「由佳《ゆか》？」


『え……キモ。二度と俺の前に来ないで』


絶対に、絶対に見てはいけない。

人生終わりだ。そんなこと言われてしまった日には。

（し、死んでしまうよそんなこと言われたら……！）

誘惑はある。けどこの程度の誘惑……ッ！

「……？　本当にどした？　由佳《ゆか》。体調悪いのか？」

「……っ!!」

て、て、おてて、おてておてておてて。

お兄さんの柔らかくて大きなおててが、私の額に当てられているっ！

距離が近い!!　雨に濡《ぬ》れた色っぽいお兄さんが近い！

やめて！　心臓が！　心臓が爆発する！

「熱はなさそうだけど……そうか、だいぶ冷えたもんな……あ、そうだ」

お兄さんはなにかを思い出したように自分の鞄《かばん》からなにかを引っ張り出した。

「これ、着てて。半袖だからあんまりかもだけど。マシでしょ多分」

「え……」

肩にぱさっと。

お兄さんの、半袖のデニムシャツ。

来るときに見た、お兄さんが着ていた服だ。バスケし始めてから確かにしまっていたけれど……。

「ごめんな。これくらいしかないわ……ちょっと雨マシになるまで待とうか」

「……はぃ……」

心臓が鳴りやまない。隣にはすけすけのお兄さんで、自分の身体《からだ》はお兄さんの服に包まれていて。

私の全てが、お兄さんにどんどんどんどん染められていくような気がして。

「あ～、由佳《ゆか》ごめん、ちょっと向こう見てて？」

「え……？」

「流石《さすが》にこれはヤバイのか……？　まぁ～でも見られなきゃ問題ないよね？　多分。ええやろ」

な、なんだろう。

と、とりあえず言う通りお兄さんがいない方を向いた。

やっぱりまだドキドキするけど。

すると。

ばさっと、衣擦《きぬず》れの音がして。

ぎゅっという何かを絞る音。

続いて、水が滴《したた》る音。

……え？

「うっわこんなに水吸ってたかあ……一回絞るだけでこれとかヤバいな……ん～替えのＴシャツ持ってた気が……」

え？

も、もしかして、お、お兄さん。

服、脱いでません？

「え～っと確かこの辺に……」

ドクンドクンドクン。

私の心臓が夏の花火のように大きな音を響かせている。

ちょっとまって。今振り返ったら、は、裸の、お兄さん？
え、え、え。
見ていい？　見ていいよね？
だって、ほら。不可抗力！　これは不可抗力だから。
見ない女なんていないから！
お、お兄さんの肌。生の、肌。
おそるおそる、振り返る。
鞄《かばん》の方に向いていて、こっちは向いていない。
背中が、視界に映る。
綺麗《きれい》な、肌色の、引き締まった背中……。
お兄さんの匂い。
お兄さんの肌。
「はぁ……はぁ……！」
お兄さんの匂い。
あたまがくらくらする。
いいよね。もう、ごーるしてもいいよね？
このうしろからがばってだきついてほっぺすりすりしてもだれももんくいわないよね？

ぺろぺろしちゃってもだれももんくいわないよね？

だっていまだれもみてないもんね？　さいごまでしちゃってもいいんだよね？

「お、あったあった。よかった替え用意してて……って由佳《ゆか》!?」

あ……意識が……。

へたれでごめんなさい。最後にお兄さんの肌堪能《たんのう》したかったな……。

新しいシャツに袖を通して私の肩をゆするお兄さんの姿を最後に、私の意識はまた途切れたのでした。

幼馴染系ＪＤは手を繋ぎたい

将人《まさと》とデートに行く。そんな最高で素敵な日は、無事晴天。

お日様もきっと、私と将人《まさと》のデートを祝福してくれてるんだね！　なんて。待ち合わせは駅の繁華街。わかりやすいよう指定したショッピングモールのガラス窓で、私は自分の格好《かっこう》を再確認する。

「髪よし……服も、変じゃない、よね」

一番可愛《かわい》い自分を作るために、今日は完璧な準備をしてきた。これなら、大丈夫なはず
……！

念願かなって将人《まさと》とデートができる。今日はしっかり、アピールしていかないとね。

「あれ、恋海《こうみ》早いね」

「へぁ!?」

後ろから急に声がかかって、びっくりしてしまった。まだ集合時間の15分前なのに！

「ごめん驚かせちゃった？」

「ちょ、ちょっとね？　将人《まさと》こそ早くない？　まだ15分もあるのに……」

「早く目が覚めたから来ちゃったよ」

そう言ってはにかむ将人《まさと》。今日も笑顔が眩《まぶ》しい……キャップ姿も爽やかでとても似合っている。そんな将人《まさと》に見惚《みと》れていると、将人《まさと》が私の方を覗《のぞ》き込んできて、

「恋海《こうみ》はいつも思うけど本当に可愛《かわい》い服たくさん持ってるんだね」

と感心したように言うから。

「そ、そうかなあ」

思わずにやけてしまう。いつも私を見てくれているという事実が、私の胸を熱くする。こういうところまで本当に完璧なんだから将人《まさと》は……。

「今日は映画、だよね？」

「そうそう！　まずは軽くお昼食べようか？」

今日のデートは映画鑑賞。友達におすすめされた恋愛映画があったからそれにした。将人《まさと》も恋愛映画を見たら私のことを意識してくれるかもしれないし……！

私は高鳴る気分を抑えつつ、将人《まさと》の隣を歩き出した。

カフェで軽くランチを終えて、私達は映画館に到着していた。時間帯もあってか映画館はそこまで混み合ってなく、シアター内も空席の方が目立つくらい。見やすい中央あたり、そして少し後方の席をしっかり予約しておいたので、混んでいても平気だったけど！

「意外と空いてるね！」

席に座って小声で話しかけてくる将人《まさと》。身を乗り出してきたその距離が近くて、思わずどきりとしてしまう。

「まだお昼過ぎだからかな？」

思わず目を逸《そ》らしてプラスチックの容器に入ったお茶を飲みつつ、目を逸《そ》らす。

大丈夫だよね？　お昼食べた後もう一回みだしなみチェックしたし……ブレスケアもしたし……。

周りに、人は少ない。もちろん全くいないということは無いけれど、少なくとも私達の後ろには誰もいなかった。

こんな暗くて人も少ない環境でほぼ2人きり……そう思うと、ただの映画鑑賞なのに緊張してしまう。

私はシアター内に放映され始めた宣伝映像を流し見しながら、ちらちら将人《まさと》の横顔を窺《うかが》うのでした。

映画の内容は、割と王道のもの。物語も佳境に差し掛かって、ヒーローとヒロインが、手を繋《つな》いで夕焼けの道を帰っている。こちらまで、ドキドキが伝わってくるような、そんなシーン。

隣をちらりと見れば、将人《まさと》が真剣な表情でスクリーンを見つめていて。

彼が隣に座っていて、視線を少し落とせば、椅子の肘掛けに手を置いている。……私もそこに手を置けば、将人《まさと》と手を重ねて……繋《つな》ぐことができる。

今なら、許してくれるかな？　手を、将人《まさと》と同じ場所に置いて。重ねても。映画の熱に浮かされた今なら、許してくれるのかな。

そっと、手を動かそうとして……戻した。

嫌がられたらどうしよう。すっ、と手を戻されてしまったら？……私は、ショックで席から立てないかもしれない。

怖い……でも、手を繋《つな》ぎたい。将人《まさと》の体温を、感じてみたい。

……そっと、小指だけ触れる位置に、置いてみた。

将人《まさと》の手の甲に、かすかに私の小指が触れている。心臓の音がうるさい。映画の内容も入ってこなくなるくらい、顔が熱い。

その手は、ずっと動かされることなく……映画が終わるその時まで、私はほんの少しだけ将《まさ》人《と》の体温を感じ続けることができたのでした。


映画が終わって。夕日が差し込む道を、将人《まさと》と2人で歩いていた。

「いやあ面白かったね！　結構ポップな内容の恋愛映画かと思ったけど、しっかりとストーリーが練られてて、最後は泣いちゃったよ」

「そ、そうだよね！　将人《まさと》が楽しんでくれたなら私も嬉《うれ》しいな！」

後半それどころじゃなくて内容入ってこなかったけど……将人《まさと》が目を輝かせて感想を話してくれるので、こっちも嬉《うれ》しくなる。こういうところも素敵だよね、将人《まさと》は。

「また知らない世界が広がったなあ。他にも面白い映画があったら教えて欲しいかも！」

笑顔で将人《まさと》が言う。恋愛映画を選んだのは、少しでも意識してくれたら嬉《うれ》しいなっていう打算的なものだったけど。そんなことを言われたら断れるわけない。

「もちろん！　私でよければいくらでも！　これからも色んなの見ようね！」

自分ができる最高の笑顔を見せてから、前を向く。

映画で見た、夕暮れのシーン。ちょうど今のような夕焼けで、街路樹に挟まれた道で。ヒーローとヒロインは手を繋《つな》いで歩いていた。

隣を歩く、将人《まさと》の手のひらを見る。

今はまだ、手を繋《つな》ぐ勇気はないけれど。

いつか胸を張って、君と手を繋《つな》いで歩きたいな。

## バスケ部JCは努力の子 ●○●

夏場は中の部活はいいよねって外の部活やっている人によく言われるけれど。体育館の中はとってもむし暑くて、中は中で大変です。

たしか先生が中の部活の方がマラソンの次に熱中症が多いんだよって言ってた気がする。

私達バスケ部は、そんなむし暑い中での練習を終えて、今は更衣室。

制汗剤の特徴的な匂いが室内に充満中です。

今日は午前中で部活終わりなんだけど、私はまだ少し動き足りないかなって思っていた。

「ねえすごいじゃん由佳《ゆか》！」

「由佳《ゆか》は小学校の頃からすごかったんだよ！」

「あはは……ありがとう」

同級生達がとても嬉《うれ》しそうにお祝いしてくれるその理由は……さっきのミーティング。

練習終わりに監督の先生から、来週の公式戦でもスタメンで使うと言ってもらえたことだった。練習試合では何度かスタメンで出たこともあったけど、公式戦では初。

背番号は1年生の中では一番若い18番。

というか、1年生で背番号をもらっているのは私だけ。

ありがたいけれど、やっぱりプレッシャーも感じる。ベンチメンバーに入れなかった人のためにも、ちゃんと結果残さなきゃ……。

「由佳《ゆか》のことめっちゃ応援するわ〜！」

「由佳《ゆか》多分ガードだよね？　誰の代わりに入るんだろ……」

「え、あれじゃない？　2年生の……」

着替えも終わり、雑談をしながら更衣室から出ようとした、その時。

「1年。モップがけ甘すぎ。やり直してきて」

「え……」

ドアを開けると、そこには2年生の先輩3人。

「え、じゃないわよ。モップ本当にかけたの？　午後使うバレー部が怪我《けが》したら責任とれんの？　ほら、早く行ってきて」

「……」

……モップは、ちゃんとかけたと思う。

1年生全員でやったし、最後は足でキュッキュッって音ちゃんとするか確かめた。……けど多分、関係ない。

これは、嫌がらせだ。

しぶしぶ、私達は荷物を置いて体育館に向かう。

これくらいはなんてことない。我慢我慢。

「前田《まえだ》」

「……はい」

皆が体育館に行く中、私だけ呼び止められる。

嫌な、予感。

「……調子に乗るなって、言ったよね？」

「……はい」

「お前監督のお気に入りなだけだから。勘違いするなよ」

「……」

私がスタメンに入ったことで、2年生の人が控えになった。けれど、その控えに落ちた人は笑顔で「頑張ってね」って言ってくれた。

なのに、そもそもベンチメンバーにも入っていないこの人達に、私は粘着されている。

「失礼します」

「チッ……」

部活って、難しいな。下級生が試合に出るのが、そんなにつまらないのかな……。私なら、下級生に負けたくないと思ったら、もっと練習するけど……。

あの人達は、そもそも練習もそんなにしている感じはしないし……。背中に刺さるような視線を感じつつ、私は体育館へと走った。

なんとなくそのまま帰るのが嫌で、気付けばいつもの公園に来ていた。

今日はお兄さんは来ないけど……シンプルにまだ練習したりなかったし、ちょうど良《い》い。

外用のボールも持ってきておいて良かった。

時刻は13時過ぎ。

1時間か2時間程度やったら帰ろう。

もっと人がいるかとも思ったけど、お昼時だからかちょうど公園のバスケコートは空いていた。

ラッキーだね。

照り付けるような日差しが眩《まぶ》しい。

もう夏も本番を迎えようとしているんだなってわかる。

「ほっ」

フリースローラインから、シュート。

パサッという気持ちの良《い》い音を鳴らして、ボールはリングに吸い込まれた。

「うん、いい感じ」

お兄さんとここで練習をするようになってから、更に上達していると思う。

お兄さんに教えてもらった技術が無かったら、今スタメンに選ばれていなかったかもしれない。

本当それくらいお兄さんは私にたくさんのことを教えてくれた。

（お兄さんの、真似《まね》しよっかな）

憧れの人の動きを、脳内に思い浮かべる。

何度も何度も近くで見てきた動き。それに……好きだから。脳裏に焼き付いた大好きな人の動きくらい、すぐに何度でも思い出せる。

ボールを拾い上げて、軽くドリブルをついて……。レッグスルーからのクロスオーバー。右にドライブで切り込んで……ロールターン。

そして急停止からのフェイダウェイ。

そう、この動き！

ガンっと音を立てて、ボールはリングに阻《はば》まれる。

やっぱりこれは、難しい。なによりも最後のフェイダウェイ。

自分が後ろに飛びながら、前へシュートを放つというのは、実際にやってみると本当に難しい。

（お兄さんは、やっぱりすごいなあ……）

この難しいシュートを、簡単に成功させる。

この距離から練習で外したのはほとんど見たことが無い。

「よし……」

気合いを入れ直す。

今度はこれをちゃんと成功させて――。


「あれ～良《い》い場所あるじゃ～ん」


聞いたことのある、声がした。

「練習したりなかったんだよね～」

「わかる～。あれ、けど誰かいるよ⁇」

「あっれ～？　うちのジャージじゃないあれ」

わざとらしい声……。

さっき嫌がらせをしてきた、2年生の先輩達だった。よく見れば、後ろには1人の男バスの先輩もいる。

確かあれは、私の代わりにスタメンから外れた、あやこ先輩の彼氏……みたいな話を聞いたことがある。

男バス2年生ではぶっちぎりで人気らしいけど、お兄さんを見慣れている私からすると……。

でもお兄さんと比べてしまうのは流石《さすが》に可哀想《かわいそう》か。

同年代のレベルで言ったら、確かにかっこ良いとは思う。

ちょっと居辛《いづら》そうにしているけれど、付いてくるってことは私のことを邪魔だと思ってるのかもなあ。

「……お疲れ様です」

「あっれ〜！　前田《まえだ》じゃん。へえ〜こんなとこで練習してたんだ〜」

「私達も練習したいからさ、貸してよ」

……最悪だ。

けれど、仕方ない。ここはおとなしく引き下がった方が良さそう。逃げるが勝ちって、なんかで言ってたし。

「はい。どうぞ。私は帰ります。お疲れ様でした」

ボールを持って、私は逃げるようにコートの出口へ向かう。

しかし。

腕を強引に掴《つか》まれた。

「なに、つれないじゃん。一緒に練習しよーよ」

「……」

少なくとも、一緒に練習しようという声音ではないよね……。

嫌な予感がする。けれど、このまま帰れそうな雰囲気じゃない……。

「……はい」

覚悟を決めるしか、私には選択肢が無さそうだった。

■

スマホの通知で目を覚ます。最近はそういう朝が増えてきたように思う。

「うぐぅ……」

昔やったゲームのメインヒロインがよくこんなうめき声みたいな可愛《かわい》い声出してたな、なんて思いながら。

自分から出た声は本当にただのうめき声なことを自覚しつつ。

「何時だ……？」

スマホを見る。

ロック画面には、10時28分の表示。日曜日だからといって、がっつり昼頃まで寝てしまったようだ。

でも仕方ないんだ。昨日は夜まで入ってたゆーすけさん（ボーイの方）に誘われて夜中にラーメンという大罪を犯してしまったが故に、すぐ寝るわけにもいかず、結局眠りについたのは

3時頃だったから。

ちなみにゆーすけさんは帰《かえ》り際《ぎわ》女の人から電話が来て慌たように帰っていった。顔が青ざめていたけど何があったんだろうか……闇が深い。

ぽりぽりと頭を掻《か》いて、歯を磨きに洗面所へ。

顔を水で洗った後に歯を磨く。そこでそういえば通知で起きたんだったと思い出して、ポケットに突っ込んだままだったスマホを開いた。

《恋海《こうみ》》

『おはよー!!』

『え、じゃあ本当に今度行こうよバッティングセンター!』

『私自信あるんだからね!!』

……なんの話してたんだっけ。

ああ、そうだ！　恋海《こうみ》がなんかソフトボールやってたとかって話だった。

俺も野球はバスケ以上に自信があるので、流石《さすが》に俺の方が上手《うま》いかな～とか調子乗ってたんだった。

この世界ではスポーツも女子の方が上手《うま》い人が多いらしい。まあ確かに由佳《ゆか》とか見てると、こんな上手《うま》い女子中学生おるんか？　とはなるしね。

単純に母数の差だとは思うけど。単純な力の差だったら男の方が強いのは変わってない……

と思う。

既読をつけずにとりあえず恋海《こうみ》からのメッセージは保留。朝ごはん食べ終わったら返そうかな。

星良《せいら》さんに続き、由佳《ゆか》ともSNSを交換したので、最近はスマホの通知が元気である。皆マメやね。用ある時だけでいいのに連絡なんて。

冷蔵庫を開けて、朝ごはんになりそうなものを探す。

あんまりないな……。ハムあるからパンにチーズとハム乗っけて焼こう。

朝は本当に食べる気にならない。

かといって昼と夜だけだと健康に悪いかなと思って一応なにか食べるようにはしてる。

「ん〜今日はなにすっかなあ……」

バイトと大学が無い日は、割と暇ではある。

週2、3回しかないバイトでそこそこのお金が稼げているのは本当にありがたい。

具材をパンに挟んでトースターをセットしてから、そういえばと思ってもう一度スマホを開く。由佳《ゆか》がそろそろ大会だと言っていた。

今日も朝イチから連絡が来ているし、きっと今頃は部活の練習中なのだろう。

本当に偉い奴《やつ》だ。

……よし、決めた。

今日は俺もバスケしにいこう。身体《からだ》動かさなきゃね。

というかそろそろ本格的にちゃんとやっとかないと由佳《ゆか》に負けかねない。

優しい彼女のことだ。仮に勝負に勝っても、約束通りに俺をあの公園から追い出すことはないだろうけど、流石《さすが》に中学生女子に負けるというのはプライドが許さないし。

程よく焼けたパンを頬張って、俺はバスケに行く準備を整えるのだった。


公園は休日ということもあってそこそこ賑《にぎ》わっている。

公園と言っても遊具がたくさんあるタイプではなく、自然を楽しむためにベンチとか池とかがあるタイプなので、子供たちでごった返す……みたいなことはあまり見ない。

そしてそんな公園の奥にひっそりとバスケコートがあるが故に、ここは穴場なのだと思う。

「おろ……でも流石《さすが》に先客か」

今日は休日。

そんな穴場であっても、流石《さすが》に休日とあれば先客がいるらしい。バスケットボールが地面を弾む音を聞きながら、俺は歩を進めた。

「あれ……？」

そしてようやくコートの中が視認できるようになって、気付く。

バスケをしている4人くらいの中の1人……瑞々《みずみず》しい黒髪のショートヘアにキラリと光る青

のへアピン。

今日はおそらく学校指定のジャージを着ているらしい女の子は……もうすっかり顔馴染《かおなじ》みになった前田由佳《まえだゆか》だ。

そしてその周りの少女達……って1人男の子もおるわ。

彼、彼女らは全員が由佳《ゆか》と同じジャージ。つまりは、同じ学校の生徒なのだろう。

「由佳《ゆか》が部活仲間とここで練習してるのか……やはり偉いな。今度撫《な》でてやろう」

最近の由佳《ゆか》を見ていると庇《ひ》護欲が湧く。

可愛《かわい》らしい見た目と、バスケをしている時の真剣な表情のギャップが良《い》い。妹がいたら、こんな気持ちになるのかねえ。

「……ん？」

今日はそれなら他の空いてる場所でハンドリングの練習だけして帰ろうかと思っていた時。

なにやら雰囲気がおかしいと思い、よく様子を見る。

由佳《ゆか》の表情が、かなり辛《つら》そうだ。

この暑い中で練習をしている……と思えばその表情もわからなくはないが、おかしいのは他のメンバー。

明らかに、由佳《ゆか》を見て笑っている。それも、嘲笑《あざわら》うような表情で。

……いじめ？

嫌な予感が、頭を駆け巡る。

いじめなら、止めなければ。けれど、勘違いで出張っていって、邪魔するのも、でしゃばりみたいで――。

結果的に、その逡巡《しゅんじゅん》は無かった方がよかった。

由佳《ゆか》の近くにいた女子が振りぬいた肘が、もろに由佳《ゆか》の顔面に当たった。

由佳《ゆか》が、勢いよく地面に倒れる。それを見て、周りは笑っている。

それを目《ま》の当《あ》たりにして、コートの中に入っていかない選択肢は、俺は持ち合わせていなかった。

■

どれくらい時間が経《た》っただろうか。

30分？　1時間？　正直時間感覚は、もうあまりない。

「前田《まえだ》もうへばったの？　そんなんで試合大丈夫かなあ〜⁉」

「はあ……っ！　はぁ……っ！」

この炎天下で、休憩無しで走りっぱなし。

先輩達は交代交代で、私だけ休憩なし。

これくらいはされるかもと思っていたけど、やっぱりキツイ。

「じゃーそろそろ2on2やろっか。試合形式も経験しとかないとね？　期待の1年生」

「はぁ……っ！　はぁ……っ！」

せめて水分を補給させてほしい。

身体《からだ》が空気と水分を求めて悲鳴を上げている。

「ほら前田《まえだ》早くしろよ。お前のオフェンスからだぞ」

ボールを投げられて、辛《から》くもそれを受け取った。

2on2と言うくらいなのだから、仲間がいる。けれど、それは形式上の話であってこの場面では関係ない。

仲間役の先輩は、ボールを受け取るつもりが無いのだから。

仕方なく私は、ドライブで抜くのを試みる。

けど、もう身体《からだ》はボロボロで、いつものキレなんか出るはずもない。もう1人が来てダブルチームになって、私がボールを保持するのはもっと厳しくなった。

「そんなもん⁉　それじゃ辞退したほうがいいんじゃないの？」

「出れなくなった、あやこの気持ち考えなよねえ！」

そんなの、わかってる。

だから私は、あやこ先輩の分まで頑張ろうと……！

「ほらどうしたんだよっ！　おら！」

「……っ！」

どぐっ、と嫌な音がした。

視界が暗転する。

先輩の振り回した肘が、私の顔にもろに入ったっぽい。

痛い。

呼吸がしんどい。

笑い声だけが響いてる。

なんで、なんでこんな目に遭わなきゃいけないの？

バスケが、好きなだけなのに……。


……あれ、さっきまで私の姿を見て笑っていたのに、笑い声が聞こえない。

私、耳聞こえなくなってるのかな……。


「随分楽しそうな練習するんだね」

……え？

――そんなはずない。

だって、今日は日曜日で。

約束も、別にしてなくて。

なのに。

この声を、私は狂おしいほど知っている。

上を、向いた。

そこには、私の大好きな――

「由佳《ゆか》、立てる？」

「…おにい、さん……？」

私を支えるように肩を貸してくれる人。

それは間違いなく、私の大好きな人。

将人《まさと》さんだった。

「だ、誰ですかあなた」

「部活動の練習中なんですけど」

先輩達が明らかに動揺している。

お兄さんのカッコよさに驚いただけかもしれないけど。

「へえ。こんな1人をボロボロになるまで虐《いじ》めて、自分達はその姿を見て笑うのが、最近の部活動なんだ？」

「……」

……お兄さんが、怒ってる。

声だけでわかった。

初めて見た。お兄さんが怒っているところを。

お兄さんは冷めた視線を先輩達に向けて、そして私の方に振り返った。

「由佳《ゆか》、とりあえずこれ飲んで。水分も、ろくにとってないでしょ」

「ありが、とうございます」

渡されたペットボトル。

私はそれを受け取って、すぐに飲んだ。乾ききっていた身体《からだ》が、潤っていくのがわかる。

お兄さんは私に優しい笑顔を向けて、ベンチまでついてきてくれた。

私を、座らせる。

「ごめんね、遅くなって。ちょっと休んでて」

ぽんぽん、と頭に手を置かれた。

身体《からだ》が、別の意味で熱くなる。

こんな時なのに……身体《からだ》が自然と喜んでしまう。

それでもまだ、頭は混乱していた。

お兄さんは来るはずないと思っていたのに。

「で？　由佳《ゆか》を虐《いじ》めて、なにがしたいの？　君達は」

「い、虐《いじ》めてなんかないです。私達は、前田《まえだ》がスタメンに相応《ふさわ》しいかどうかを確かめていただけです」

「そ、そうです！　それなのに邪魔しないでもらっていいですか？」

「……へえ……」

よくそんな言葉が出てくるなあ、と思った。

本当のところは、私の身体《からだ》か精神を傷つけて、スタメンを降りてもらおうという魂胆だったんだろう。

「じゃあ由佳《ゆか》が実力を示せば、君達は諦めるってそういうことかな？」

「も、元からそのつもりでしたけど？　けど前田《まえだ》が下手だからこうなっていたわけで」

普通にやったら勝てないから、私のスタミナを削りに来たんだ！

ついでに怪我《けが》もしてくれたらラッキーくらいの感覚で……！

ふつふつと、怒りが湧いてくる。

と、お兄さんがこちらに振り返った。

「由佳《ゆか》……もう少し休んだら、動ける？」

「え……？」

お兄さんからの提案は、意外なものだった。

ゆっくりと、座っている私に視線を合わせる形で屈《かが》むお兄さん。優しく微笑《ほほえ》んで、お兄さんは私の頭を撫《な》でた。

「示してやろうよ。由佳《ゆか》の強さを」

その一言は、私を奮い立たせるには十分すぎる言葉で。

「……はい……！」

今までのどんな時よりも、私の身体《からだ》に、力がみなぎった。

お兄さんがもう一度、先輩達の方へ振り向く。

「由佳《ゆか》が君達を倒せばいいんだよね。俺と由佳《ゆか》でチームを組むから、君達は4人でいいよ」

「は、はあ？　4対2ってふざけてるんですか？」

「ふざけてないよ。それに、俺は飛ばない。身長差があるからね」

と、飛ばない⁉　ジャンプしないってこと？

バスケはゴールが上にあるというスポーツだから、試合の中でジャンプは欠かせない。何度も何度もジャンプするスポーツ。それなのに、お兄さんはジャンプをしないと言い放った。

「随分舐《な》められてますね……いいですよ」

「それで……これに勝ったら、君達は素直に由佳《ゆか》のスタメンを認める。いいね？」

「じゃあその代わり、これに負けたら前田《まえだ》はスタメンを辞退してもらえますか？」

……！

選んでもらったスタメン。辞退したくはない。けどそれと同時に……私はお兄さんと組んで、負ける気もしない。

お兄さんからの視線を受けて、私は頷《うなず》いた。

「いいですよ。受けます」

「……よし。じゃあ、やろうか」

お兄さんが、ネックレスをゆっくりと外す。その動作が、思わず痺《しび》れるほどにカッコ良くて。

胸に、嬉《うれ》しさがこみ上げた。

こんな状況で叶《かな》ってほしくはなかったけれど。

お兄さんと、チームでバスケができるんだ！

「じゃあ、オフェンスはこっちからね」

お兄さんがボールを持つ。

想定通り、お兄さんの方には女バスの先輩2人がダブルチームでついた。

こっちにも、2人。

あの2人は、この中では上手《うま》い方。

けれど……はっきり言って。

「ふっ……！」

お兄さんの相手ではない。

「えっ？」

「は⁉」

驚く2人をよそに、お兄さんはものすごい速度のスピンムーブで2人をかわした。

そのまま、ゴールまで一直線。

「なにしてんの！」

慌てた1人が、私のマークを外してゴール下へディフェンスへ。

お兄さんはきっとあの程度かわしてシュートを決めることなど造作《ぞうさ》もない。

けど。

お兄さんからの視線に、私は瞬時に反応した。

フリースローラインあたりをめがけて、走り出す。

お兄さんが上手《うま》いのはわかってる。

けど、今私がしなきゃいけないのは、お兄さんにおんぶに抱っこされる事じゃない。

私がやってきた練習を、努力を。

示すんだ！

「あっ……！」

お兄さんがジャンプしないことをいいことに、シュートブロックしようとした先輩がジャンプした。

その下を、お兄さんがバウンドでボールを通す。

私の胸元に、寸分違《たが》わないパス。

１人しかマークのいなくなった私は、男バスの先輩を前にして……。

「ふっ……！」

右に切れ込むように見せてから、得意のクロスオーバー。

何度も何度も、この場所で繰り返してきた動き。

ボールを見なくたってできるようにしてきた動き。

男バスの先輩が動きについてこられず、よろめいた。それでも私は容赦なく抜き去る。

そのままバックレイアップ。

これも何百回もやってきた。自信を持ってシュートを打てる。外すはずがない！

パサッという音と共に、ボールがリングに吸い込まれる。

呆然《ぼうぜん》とする先輩達を尻目に、お兄さんが２本の指を立てた。

「これで、２点先制ね」

どうしよう。

こんな状況なのに。疲労はあって、息は上がっているはずなのに。

楽しい……！

先輩達のオフェンスは、私がボールをスティールして失敗。

ドリブルが雑すぎる。取ってくださいと言っているようなものだった。お兄さんと日々やってる１ｏｎ１に比べたら、ぬるすぎる。

そもそもボールを見ながらしかドリブルができない時点で、甘いよね。

もう一度、私達のオフェンス。

「次は止める……！」

「さっきは油断してただけだから」

お兄さんのマーク２人が、今度は気合いの入ったディフェンス。

正直、それでもお兄さんは簡単に抜けると思う。

けど、さっきのワンプレーで私は察した。お兄さんは、私を活《い》かそうとしてくれている。

というか、基本的に私がシュートを決める役なんだ。私が示さなきゃいけない。自分自身がやってきた努力を……！

ドリブルをつくお兄さんが、私に目で合図。

その視線の動かし方で、私は意図に気付いた。迷わず、走り出す。

お兄さんについているディフェンダー2人のうち、私の方にいる先輩の横にぴったりと張り付く。そこから左に、いけないいように。

スクリーン。

「……っ！」

それを見てお兄さんが左にドライブ。

私が壁になって、ディフェンスの先輩はお兄さんの動きについてこられない。

「スイッチ！」

先輩が叫んだ。

マークの相手を交代する合図。しかし、お兄さんの意図はそこ。

マークの相手がどっちなのかわからなくなった混乱に乗じて、ゴール方向に動いていた私にすかさずパスを通した。

ダイブの動き。

これも、お兄さんと動画で見た動きの一つ。

もうディフェンスは全員後ろだ。私のドリブルの速度に追い付けない。

「なんっで……！」

ドリブルしてる方が、基本足は遅い。

けれど、その私に先輩達は追いつけない。

私は何本もドリブルで走り込んでいるから。そう簡単に追いつかれるようなドリブルはしていない！

　全力のドリブルから、強く足を踏み込んで私はレイアップへ。全速力のままレイアップをすると、勢いが強すぎて外しやすい。

　だから私は強く足を踏み込んで、勢いを下に流す。

　これも、お兄さんから教わって、何度もやってきたこと。ボールはパサっと柔らかい音を立ててネットを揺らした。

　青褪《あおざ》めた先輩達がたまらず、4人集まって何か話している。

「前田《まえだ》ってこんなに上手《うま》かった……？　知らないんだけど……！」

「しょーすけちゃんと動いてよ！　あやこがスタメンに戻れなくていいの⁉」

「でも……」

「あの大学生は止めるの諦めて、前田《まえだ》を止めよう。前田《まえだ》が結局シュートを打ってくるみたいだから」

　……お兄さんの動きに気付いたみたい。

　お兄さんが、私にシュートを打たせようとしている流れを。

「ないっしゅ、由佳《ゆか》」

「ほぇ？　あ、はい！　ナイスパスです！　お兄さん！」

「念には念を入れてやってたけど……これは大丈夫そうだね」

「え？」

お兄さんはちょっと意外そうに向こうのメンバーを見て。

それから、いつもの笑顔で私にこう言った。

「俺いなくても、由佳《ゆか》なら全員抜けるよ。あれ。だから、次は由佳《ゆか》がボール持って、抜いてみて。一応俺もボール受けられる所にいるから、キツそうだったらパスもらう」

……！

「わかり、ました！」

お兄さんが、信頼してくれている。

その事実だけで、私は何万倍も頑張れる！

先輩達のオフェンスはまた失敗して、私達のオフェンス。

5点先取だから、これを決めれば私達の勝ち。

私が、ボールを持った。今度は、女バスの先輩3人が私についている。

先輩の1人が、恨めしそうに私を睨《にら》みつけてきた。

「前田《まえだ》……誰よあの男」

「……私の、大切な人です」

「……！　むかつく……！　お前ほんとにむかつく!!」

少しだけ、優越感。
お兄さんを少しだけ見た。
私を見ている。その瞳は、私を信頼しきっているのがこれでもかと伝わってくる。
期待に、応えたい！
お兄さんは、私の……私だけの大切な人!!
右に鋭くカッティング。
流石《さすが》に3人もいれば、一番右にいた先輩がついてくる。
急停止。レッグスルーからのクロスオーバー。私の得意な動き。
右の1人がよろめいた。
その隙をついて真ん中から一気に切り込む！
「この……！」
ファウルぎりぎりの動きで、ディフェンスしにきた先輩が私の進路を塞いできた。
それも、いなす。前への推進力を使って、そのままロール。
1人かわして、私はすかさずシュートフォームへ。
「ふざけ……んな……っ！」
意地だろうか。
最後の1人の先輩が、私のシュートをブロックするためにジャンプ。

まずい。
このまま打てば、ブロックされる……！
──瞬間、私はお兄さんのいつもの動きを思い出した。
クロスオーバーからのロール、からの急停止して……。
私は飛んだ。
後ろ側に。
「なっ……！」
これならブロックは届かない。
何度も、何度も見てきた動き。
このシュートが決まるのも、何度だって見てきた。
だから、大丈夫。
私にも、できる！
「俺それできるようになったの高校の時だったけどなぁ……？」
お兄さんの、声が聞こえた気がした。
右手で、ボールを放つ。
綺麗《きれい》な弧を描いて……ボールは、リングに吸い込まれた。

試合が終わって、先輩達は帰っていった。案の定というかなんというか、私をつけてここまで辿《たど》り着《つ》いたらしい。

何やら最後、男バスの先輩が女バスの先輩3人と揉《も》めていた。聞き間違いでなければ、男バスの先輩が私を虐《いじ》めるのをやめてと言ってたような気がする。

それで女バスの先輩達も謝ってきたし……よくわからない。

お兄さんに何か知ってるか聞いてみたけど、なにも？　と笑顔で返されるだけ。優しいお兄さんのことだ。きっと私の知らない所で、お兄さんがなにか言ってくれたのかもしれない。

これでちょっとでも学校でのいじめがなくなってくれるなら嬉《うれ》しいな。

「由佳《ゆか》、最後ナイスシュートだったね」

「あ、ありがとうございます！」

お兄さんの動きを見てたから……決まったシュートだった。

お兄さんの、おかげ。

勝利の余韻に浸っていたけど……そういえばそれどころじゃなかった！

ちゃんとお礼！　しないと！

「あ、あの、今日は助けてくれて、本当にありがとうございました！」

「いやいや、むしろ遅くなっちゃってごめん。それにね、実は途中見てたんだ」

「え……？」

「いや、由佳《ゆか》がチームメイトと楽しくやってんのかなって思ってさ、見ちゃってたんだよ。そしたらなんか雰囲気ただごとじゃないし、由佳《ゆか》が殴られるし……ヤバイと思ってきたわけ。だからもっと早く気付いていれば、由佳《ゆか》を傷つけることもなかったな、って」

……涙が出そうだった。

本当に、優しすぎるよ……。

お兄さんがいつもの柔らかい笑顔で、続ける。

「こんな形ではあったけどさ、俺は由佳《ゆか》とチームでバスケができて楽しかった。やっぱ上手《うま》いわ。すぐ俺なんかより上手《うま》くなりそう」

「え、ええ⁉　そんなことないですよ！　でも、私もお兄さんとバスケができてうれしかったです！」

そこだけは、本当に感謝している。

こんな機会、もうあるかわからないから。

ベンチに、腰掛ける。

今日はもう帰ろう。色々あって疲れちゃった。

たくさんの想《おも》いを噛《か》み締《し》めながら、リュックにボールをしまって、帰り支度を始めたその時。

「由佳《ゆか》、ちょっと待って」

「え……？」

お兄さんはそっと私に近づくと、少し屈《かが》んで、視線を合わせてくる。

目と目が、合った。

お兄さんの顔はやっぱり綺麗《きれい》。

……距離が、近い。

お兄さんの顔が、徐々に近づいて来る。

え……？

ちょちょちょ、ちょっとまって？

これって、もしかして、もしかして、キ、キス？

キスされる流れ？

確かに今日の流れは、運命的なものを感じたし、シチュエーションとしては理想的かもしれないけど！

心臓の鼓動が加速する。

ファーストキスは、まさかの外？　しかもまだ、傾いているとはいえお日様出てるよ⁉

え、ちょっと、それは早すぎる。

ど、どうしよう。でも、もちろん嬉《うれ》しいは嬉《うれ》しいし。目、閉じた方がいいかな。いいよね？

——目を閉じた。

お父さんお母さん、私は今日ファーストキスを大好きな人に捧《ささ》げます。

頬に、ぺり、となにかが貼られた。

……え？

目を開ける。

「良かった〜この前自転車でコケて怪我《けが》してからさ、バッグに絆創膏《ばんそうこう》ストックしておいたんだよね！　頬からちょっと血出てたし、これで大丈夫やね。もっと早く気付いてあげればよかったんだけど……ごめんごめん！」

「……」

頬を、触る。

絆創膏《ばんそうこう》の表面って、結構すべすべしてるよね。

「……っ！」

「うわっ⁉　どうしたの由佳《ゆか》⁉」

色々な感情がせめぎあって、爆発した。

キスじゃなかったとか、でも心配してくれて嬉《うれ》しい、とか。

もうわけがわからなくなって、勢いのまま、私はお兄さんに抱き着いてしまっていた。

もう引かれてもいい！　今はこの感情を、お兄さんにぶつけたい！

身体《からだ》全体が熱い。

大丈夫かな。お兄さんに、嫌がられてないかな。

お兄さんに優しく、頭を撫《な》でられる。

「……よく頑張ったね、由佳《ゆか》。カッコ良かったよ」

——もう、何も考えられない。

お兄さんしか、将人《まさと》さんしか見えない。

（好き好き好き……！　大好き！）

自分の気持ちを確かめるように。

私はそのままお兄さんを強く、強く抱きしめた。

# ツンデレ系ＯＬは知る ●○●

どの曜日が一番精神的にキツいかと言われた時、多くの人は月曜日と答えると思う。今日もいつものようにスーツを着て。適当に化粧をして。

変わらない日常に足を踏み入れるこの瞬間が、私は憂鬱でたまらなかった。

「おはようございます……」

職場のドアを開く。

私は適当に同僚に挨拶をしながら、足早にデスクへと向かった。

最近はまさとに週末会えるのもあって人生に対するやる気は上がっているものの、それで別に仕事のモチベーションが上がるかと言われるとそうでもなく。

お金をもらうためだと割り切っているきらいはある。

デスクにたどり着く少し前。

何の気も無しに、職場の中央に設置された大きなホワイトボードを確認する。

このホワイトボードには今週の予定、そして誰かが休みの場合はその休む日程などが書き込まれているのだが。

「あれ……？」

いつもと変わらないように見えたホワイトボード。しかし、少し気になる点が。

金曜日の欄。よく見てみれば、みき先輩が午後休をとっているのだ。

金曜日といえば私達の〝宴《うたげ》〟の日。

午後休ということは先輩は今週は行かないのかな……？

「星良《せいら》おはよ～」

「あ、みき先輩おはようございます」

そんなことを思っていたら、ちょうど良《い》いタイミングでみき先輩が。

どうせだし聞いてみよう。

「みき先輩今週金曜午後休なんですか？」

「ふっふっふ……そーなのよ。あ、〝宴《うたげ》〟にはちゃんと行くから安心して」

「？　そうなんですか」

「理由……気になる？」

にやぁと笑うみき先輩。

いやこれ絶対聞いて欲しいやつじゃん……。

「き、気になりますね……」

形式上とりあえず気になると言うと、みき先輩がちょいちょいと私を手招きする。耳を貸せ、ということだろう。

仕方なくみき先輩に近づいた。

「同伴出勤って、知ってる？」

「え……」

同伴出勤。聞いたことはある。

確か、ボーイと事前に待ち合わせして、お店に一緒に行くシステムだったような……ってまさか！

「そ……♪ゆうせー君と、デートしてから一緒にお店行くんだ♪」

「……！」

う、羨ましい！

羨ましすぎる。え、なにそれずるい。

「いやー。あのお店あんまり同伴のメリットボーイ側に無いらしくて？　相当お気に入りだったりしないと、同伴できないんだって～いや～、困っちゃうなあ～気に入られちゃったかあ～！」

う、うざすぎる。

けど、それはきっと事実なのだろう。みきさんはあのボーイといい感じなのは知ってたし
……。

「そ、それはボーイの方からお願いされたんですか？」

「……」

あ、目逸《そ》らした。

流石《さすが》にね。流石《さすが》に自分からお願いしたのね。良かった。私は内心で安堵《あんど》の息を吐く。

ボーイの方から誘われていたなら万事休すだった。

みき先輩の方から誘ってOKをもらえたのだったら、まだ私にも光がある。私から誘っても良いということなのだから。

よし、それならすぐ実行だ。

「私も……私も誘ってみます」

「お、いいじゃんいいじゃん。それにさ……これがあるのよ、これ」

「？」

みき先輩が後ろのホワイトボードを指し示す。

そこには。

「そっか……もうボーナスの時期なんですね」

「そー！　ふふふ……財布の準備は万端。同伴もばっちり楽しめちゃうのよ……！　プレゼントとかあげちゃおっかなあ……」

確かに、ボーナスが出るということを考えれば、多少奮発しやすい。

流石《さすが》に毎週同伴はできないし、このタイミングで良《い》いところをアピールするには絶好の機会だろう。

胸が昂《たかぶ》ってきた。

「まあ、まさと君も星良《せいら》のこと良く思ってるだろうし、同伴はＯＫもらえそうだけどね！」

じゃ頑張ってね！　と笑顔で自分のデスクに向かうみき先輩。

これは良《い》いことを聞いた。

早速私はスマホを取り出して、まさとに連絡を取る。昨日の夜も私からのメッセージで終わっているが、お構い無しだ。

《望月星良《もちづきせいら》》

『まさとおはよう』

『もし嫌だったら断ってくれていいのだけど、今度の金曜日、同伴ってできたりしない？』
2、3回書き直して、この文章に至った。
未《いま》だに、お店以外でまさとと会う事はできていない。これは新たな一歩を踏み出すチャンス。

今から金曜日午後休は流石《さすが》にとれないので、多分みき先輩とは違って、デートと呼べるほどお店の外で2人きりの時間を取れはしないだろう。

けれど、ちょっとご飯を食べてからお店に行くだけでいいのだ。

それだけでも、私にとっては特別な時間になる。

いつまでも客と店員の関係ではいたくないと、誓ったから。……まさとからの返事はおそらく昼の11時頃だろう。

朝はだいたいそれくらいがまさとから返信がくる時間帯。それまで、待つほかない。

私は結局午前中ずっとそわそわしながら過ごすことになるのだった。


待ちに待った金曜日。

柄にもなく、少し良《い》いスーツを着て。

駅の商業施設のトイレで、化粧と身だしなみは確認済み。そう。私は同伴してもらえることになったのだ。

OKという連絡をもらえた時は、それはもう飛び上がって喜んだ。

大丈夫。今日の私は、自分でできる最大限の努力をしたはず。

大きく、深呼吸。

今いるこの駅の逆側の出口から歩いて5分ほどのところに、『Festa』はある。同伴をするときは、だいたいがお店から近いところで済ます傾向にあるらしい。

そりゃその後お店に一緒に行くことを考えたら当然よね。

腕時計をちらりと見る。

腕時計だって、一番お気に入りのやつをつけてきた。シルバーバングルで、盤は小さくて表面は薄いピンク色があしらってあるやつ。

もうすぐ、まさとが来る時刻だ。

ドキドキしてしまう。外で会えるというだけで、こんなに嬉《うれ》しいものなのだろうか。

「星良《せいら》さん！」

ドキっとする。

この声。この雰囲気。間違えるはずもない。

私は声の方に、静かに振り向いた。

「よかった！　ちょっとお待たせしちゃいました？　ごめんなさい」

「……」

そこには、天使……いや……悪魔？　がいた。

あまりにも、カッコ良すぎる。カッコ良さの暴力。今のまさとになら、思い切り殴られたって多分嬉《うれ》しい。

いつも通りゆるいパーマがかった黒髪。

白の半そでの襟付きのシャツ……は第一ボタンが開いていて、そこからキラリと輝くシルバーネックレスの首元。

シックな黒のパンツスタイルが、お店で会う時とは違ったフォーマルさを演出していて。

なんというか、こう……！

「エロすぎ……！」

「……？　なんか言いました？」

「な、なんでもないわ……全然、待ってないし。行きましょ？」

あ、危ない。思わず言葉に出てしまった。

でもこれはズルすぎる！　こんな格好してきて……！　きっと、スーツの私に合わせてフォーマルチックな格好《かっこう》にしてくれたのかもしれないが。

そのくせいつもの心を溶かす笑顔は健在ときた。

こんなの兵器だ。平気で人を殺せるレベル。

「……？」

可愛《かわい》く首をかしげるな……！

く、首元に目が吸い寄せられる……！　さ、鎖骨が……こんなの見ない女いないわよ‼

誘ってるでしょこれ！

「い、いいから行くわよ！」

「はい！　すいませんお店まで予約してもらっちゃって！　楽しみです」

あ〜可愛《かわい》い〜無理〜。

え、もうこれデートだよね？　私この子とデートしてるって認識であってるよね。

ただのディナーデートだけど……でも……最高。

胸の昂《たかぶ》りに気付かれないように気を付けつつ、私は予約してたお店へと向かった。

「18時半から予約してた望月《もちづき》です」

「……あ、はいご案内しますね」

……あの受付の子……まさとに目を奪われてたわね……。まぁ気持ちはわからないでもないけど……ごめんね。この子私のなんだ。

ゾクゾクと背筋に甘い快楽が走る。

言いようのない優越感。たまらない。クセになる。

無事お店についた。道中はまさとが隣を歩いているというだけで夢見心地。何を話したかあんまり覚えてないもの。

結果的にこのお店を選んだわけだけど、お店選びも悩みに悩んだ。

年上の余裕を見せてあげたくて高いお店にしようかと思ったのだけど、高級過ぎてもまさとが委縮してしまうかもしれない。

かといって、安すぎるお店でまさとが満足してくれるかわからない。

だから、程よい中間。

テラス席のあるお店を選んだ。大学生にはちょっと高いくらいの、良《い》い感じのお店。

「うわ～綺麗《きれい》なとこですね……！」

「ふふ。こんなんで喜ぶなんてまさとはまだまだ子供ね」

「え、そ、そんなことないっすよ。ぜんぜん大人です」

「ふふふ……いいのいいの。ほら、座って」

テラスのテーブル席。

もう日は沈みかけていて、外に見える公園の街灯がちらほら点《つ》いている。

うん。景色も良《い》いところを選べてよかったわ。

「好きな物頼んでいいよ。ここは私が出すから」

「え、ええ？　流石《さすが》にちょっとくらい出させてくださいよ」

「ダーメ。私が無理言って同伴してって頼んだんだから。まさとには一銭も出させません」

「悪いですよ……そんな……」

「本当に良《い》いの。気にしないで。前も言ったけど、お金には別に困ってないのよ」

使う相手も趣味も無い。だから、今はまさとのために使う。

私にとってはあまりにも自然で、当然のことだった。

「……めちゃくちゃ美味《おい》しかったですここのパスタ……！　こんなに美味《おい》しいもの食べたのいつ振りだろ……」

「ふふふ……そうね。とても美味《おい》しかったわ」

正直、味はそんなにわかってない。

けど、目の前にまさとがいて……まさとがこんなに嬉《うれ》しそうに食べてくれた。

それだけで私の幸福度はカンスト。これ以上の喜びなんてきっとない。

良かった。本当に良かった。

食後の紅茶を楽しみながら……私は、前から気になっていたことを切り出してみた。

「ねえ、まさと」

「……はい？」

きょとんとした表情が可愛《かわい》い。可愛《かわい》い私のまさと。

「……なんで、この仕事やってるの？」

「……あ〜っと……」

これは、本来御法度《ごはっと》の質問。

そんなことはわかってる。ある意味自分を売る商売。事情は人それぞれで、ただの客である私が踏み込んで良い領域じゃない。

けど、私は知ってしまった。彼の魅力を。だから、どうしても気になった。彼は、自分からこういう仕事をするタイプじゃない。

あのお店でも、明らかに浮いている。だからこそ、惹《ひ》かれたのかもしれないが。

頬をかいて、まさとが返答に困ってる。

……やっぱり、言いたくないよね。だからSNSでは聞かなかった。

これを聞く時は、面と向かって話す時にしたかった。

「ごめんなさい。言いにくい、わよね」

「あ、いえ、別に大したことじゃないんですけど……」

慌てたように、彼はマグカップを置いた。

「実は俺……お金、無くって。元々施設暮らしだったんです。それで、あそこのお店の人に良くしてくれる人がいて、働かせてもらえることになって……って感じですかね」

「え……？　し、施設……？」

施設って、児童養護施設ってこと？

「あ、そうなんです。変、ですよね。両親、いないんです。俺」

「……っ！　ごめんなさい！」

「え？……あーいやいや！　全然気にしてないんで、大丈夫ですよ⁉」

バカなことを聞いた……！

まさとの気も知らないで……！

「本当に、大丈夫です。今は恵まれてます。普通に暮らせてますし……幸せですよ」

「……！」

——色々な感情が混ざり合う。

目の前で笑っているまさとが可愛《かわい》いと思う感情と、バカなことを聞いたという後悔と。

それと。

私が守護りたいというどうしようもなくて、それでいてあまりにも強すぎる欲求。

「いや〜本当に美味《おい》しかったです！　ありがとうございました！」

「いいのよ。いつものお礼」

お店を出て、大きく伸びをするまさと。

そんな仕草一つ一つが、愛らしくて、たまらない。

「でも俺なにも返せてないですけど……」

「そうねえ……じゃあまたこうして私と出かけてくれる？」

「え？　もちろんお願いします」

ふふふ……やった。自然に次の約束をとりつけることができた。

今度はお店の前じゃなくて……後、とか。

だって、私はもう、将人《まさと》とただのお客さんとボーイの関係なんかじゃない。困ったことがあったら相談に乗れて、彼を守ってあげられるそんな存在なのだから。

思わず口角が上がってしまう。

「じゃあ、お店に行きましょうか」

「はい！　行きましょう！」

私が歩きだして、まさとがついてくる。

気分が高揚しているのに、いつもと違って、緊張していない。ふわふわしてるのに、意識はハッキリしているような、そんな気持ち。

今なら、普段は言えないような大胆なこと、言えるかもしれない。

「ねえ」

「……？」

ねえ、可愛《かわい》い私の、まさと。

「お店まで……手、繋《つな》いでいっちゃやだめ？」

「……い、いいですよ」

少し遠慮がちに、まさとが手を出してくる。その事実が、私をどうしようもなく興奮させる。きっと、私がまさとに近づくことができたから。心の内を知れたから。これは大きな一歩だ。まさとと私が、お客さんとボーイじゃなくなるための、大きな一歩。

指と指を絡《から》めた。まさとの手が、温かい。

あぁ。最高の気分だ。甘美に酔いしれる。

手の温かさに、信頼を感じることができる。私に心を許してくれている。その事実に言いようもない衝動が胸に湧き上がってくる。

……ねえ、まさと。

横を歩く愛《いと》しい彼を見る。カッコ良くて、可愛《かわい》いまさと。それでいて……。

可哀想《かわいそう》な、まさと。

私が、守護《まも》るから。

もうこんな仕事しなくてもいいように。私が頑張るから。

彼の手を、強く握る。絶対に、離れないように。

ずっと一緒にいようね。

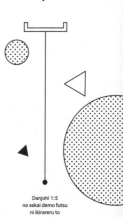

# 『好き』はこんなにも難しい

## 幼馴染系JDは紹介する

Danjohi 1:5
no sekai demo futsu
ni ikirareru to
omotta?

みずほがこっぴどくフられてから数日。

私はみずほが落ち込んでるかなと思い、今日は帰りにアイスでも奢《おご》ってやるかという意気込みで大学に来た。

でも私のそんな気遣いは、朝イチで必要なかったことを理解する。

「だからこれは運命の出会いってわけ！」

「みずほそれもう今日5回目～」

「全員に同じ話してない？」

サークルの友達数人と一緒に、今日何度目かわからないみずほの惚気《のろけ》（？）話。

朝から違う友達来るたびに話すもんだから、最初から一緒にいる私はもう何度聞いたかわからない。

「いや〜あるんだねえ運命ってやつは！　人生わからないもんだよ！」

「はいはい。でもその人と会えるとは限らないわけでしょ？」

「いーや探すね！　もー彼を求めて三千里！　どこまででも探しちゃう！　地球の裏側まで行っちゃうね！」

「みずほ一里って何mか知ってるの？」

「……え？……100mくらい？」

ぺろりんっと舌を出すみずほが愛らしい。

みずほはけらけらと笑い、周りもそのみずほの笑みにつられて笑っている。まぁ元気になってくれたなら良かったかな。

正直、あの告白の直後は見ていられないほどつらかったから。……なんて、覗《のぞ》きに行った私が悪いんだけど……。

「じゃー私ら次こっちだから！　じゃあね〜！」

「じゃあの〜！　あ、私の運命の人見つけたら情報求む‼」

「そんな薄っぺらな情報じゃ見つけようがないよ……」

ビシッと敬礼するみずほに、苦笑いの友人達。

次の授業は私とみずほが同じ教室だ。

渡り廊下を歩く。窓からの陽光が気持ち良い。

そんな中隣を歩くみずほは、鼻歌混じりで上機嫌。

「でもよかったよ。なんだかんだみずほが本気になれそうな相手を見つけたのって初めてじゃない？」

「いや～、そうでござるなあ～。人を好きになるって、こういうことなんだね、なんちゃって～！」

「まったくもう……」

事の顛末《てんまつ》は朝一番に嫌というほど聞いた。

みずほがコンタクトレンズを落としちゃったのを探すの手伝ってくれた上、見つけたコンタクトをハンカチの上に乗せて返してくれたらしい。

指輪かな？

正直そんな優しい人ならとっくに彼女の1人や2人いそうなものだけど……。

今の状態のみずほにそんなこと言うのは流石《さすが》に野暮だよね。

「と、いうことでワトソン君」

「誰がワトソン君よ」

「いいからいいから！　ワトソン君にも私の運命の相手探しを手伝ってほしいのじゃ！」

「いいけど……仮にうちの大学の新入生だったとして、候補2000人くらいいるんだよ？」

みずほ曰《いわ》く、その彼が落としたボールペンが、うちの大学で今年の新入生に配られたボールペンだったらしく、1年生の可能性が高いとのこと。

確か新入生の数は1万人ちょっとで……うちの大学は男の子がちょっと多めだった気がするから多分2000人くらい。

そこから絞るとなると、かなり難しい。

しかもみずほはコンタクトが外れてた上に泣いてたから相手の顔をほとんど覚えていないと来た。

私達の交友関係だけでは限界がある気がする。

「ちっちっち……諦めたらそこで試合終了だよ？」

「なんで私が咎《とが》められてるのかなあ……？」

余裕そうなみずほの表情。

なにか秘策でもあるのだろうか？

「会えばきっと思い出す‼　オールバックだったし！」

「髪型かあ……」

みずほの話によると、その男の子は髪型がジェルで固めるタイプのオールバックだったらしい。

確かに珍しいっちゃ珍しいかも？

けど毎日そうとも限らないし……。

「このハンカチを返して……私は伝えるのだ！　あの時助けてもらった鶴です！　恩返しにきましたってね！」

「昔話始まっとるぞ～」

大事そうに握りしめているハンカチは、その彼からの借り物らしい。返さなくていいって言われたみたいだけど、みずほは会って返すと意気込んでいる。

と、その時。

ピロン、と。

私のスマホに通知。

《将人《まさと》》『それはたしかにそう笑』

《将人《まさと》》『恋海《こうみ》今日の3限一緒に受けられそう？』

あ……そっか、次の3限は最近は将人《まさと》と一緒に受けている授業。

今までは、みずほには申し訳ないけど将人《まさと》と受けていた……けど。

（今までは、将人《まさと》がカッコ良すぎて惚《ほ》れられちゃうとちょっと困るから、なるべく友達は遠ざけてたけど……みずほはもう大丈夫ってことか）

言うまでもなく、隣で上機嫌に歩くみずほはその例の運命の相手とやらに夢中だ。

将人《まさと》は私以外に大学の友達がいなそうで可哀想《かわいそう》だなとは思っていたし……これはいいチャン

スなのでは？

「ねえ、みずほ。良かったらさ……次の授業、将人《まさと》と3人で受けない？」

「え？　いいの!?　いやー会って話してみたかったんだよねー！　恋海《こうみ》のぴっぴ！」

「だから彼氏じゃないって……！　会っても変なこと言わないでよ？」

「言わないでござるよ〜！　ちゃんと恋海《こうみ》の良《い》いところ宣伝大使になるからさ。任せてよ！」

ドン、と胸を叩《たた》くみずほ。

全然胸がないのも相まって可愛《かわい》らしい。

「でもなんで？　どんな心変わりでござるか？」

「いや、だってみずほ今その運命の人とやらにお熱でしょ？　それくらい恋する相手いないと危険だよ将人《まさと》の相手は。もう会って30分話したら好きになりかねないよあの超絶イケメン」

「恋は時に人をダメにする……」

「あ、バカにしたでしょ」

残念な人を見る目で見てくるみずほ。

いや本当に将人《まさと》は破壊力抜群なんだって。あそこまで完璧な男の子他に知らないもの。

「安心してほしいでござる。私は今、あの運命の人を探すのに必死！　その将人《まさと》君にはちゃんと恋海《こうみ》売り込んどくからさ。さっさと告白しちゃいなよ」

「もー余計なお世話だって!!」

本当に余計なことを言いかねない。大丈夫かなあ。

とりあえず私は将人《まさと》に返信。

《恋海《こうみ》》『おはよ！』

《恋海《こうみ》》『一緒に受けられるよ！　それで私の親友も一緒の授業だからさ、将人《まさと》がよければ3人で受けない？』

学内にいることもあってか、私がスマホを閉じるより先に、すぐに返信がきた。

《将人《まさと》》『お、ありがたい是非是非〜』

よろしくお願いします、と猫が頭を下げているスタンプつきで。

将人《まさと》はSNSでも可愛《かわい》いのずるいなあ……。

「将人《まさと》おっけーだって。じゃあ3限は3人で受けよっか」

「やったー！　イケメンを拝めるなむなむ……」

「もーほんとふざけすぎないでよ？」

私の好きな人と私の親友が仲良くなってくれたら、嬉《うれ》しいしね。

大学生活がもっと楽しくなりそうな予感がする！

■

なんとなんと、恋海《こうみ》がぞっこん中の彼と会っていいということで！ 恋海《こうみ》も用心深いなあ。私がうっかりその将人《まさと》君とやらに惚《ほ》れちゃうのを危惧して会わせなかったとは……。

まあそれだけ好きなんだね。うんうん。良《い》い事だと思う！

でもご安心！ 私は今情報集めに忙しいのである！

ボールペンだけで同じ大学だって判断するのは早計だって？ ふふん。そうだとしてもね、手がかりがある限り私は諦めないっ！

だってもう一度会えたら素敵でしょ？ そう考えるだけでいーのいーの。

私はポケットに入れてたハンカチを、もう一度取り出す。

シンプルな紺色のデザインに、赤と黒のラインが角にあしらってある。

ぎゅっと、握りしめた。

──いつか、いつかこのハンカチを、必ず返すんだ。それで、伝えよう。この想《おも》いを。

「お、結構まだ席空いてるねー。3人分とっちゃおっか」

「了解でござる！」

そっと丁寧にハンカチを畳んでバッグにしまう。

恋海《こうみ》と一緒に、教室後方の席を確保。

大学の席確保は弱肉強食……！ ごめんねまだお昼ごはん中の皆……。現実は無情なんだよ。

ヨヨヨ……。

「将人《まさと》もうちょっとで着くらしいから私教室前に迎えに行くね」

「ほいさ！　いってらっしゃいませ！」

恋海《こうみ》が教室の外に行くのを見送って、今度はボールペンの方を取り出した。

「1年生……じゃないってこともあるのかな？」

このボールペンのデザインになってから配られたのは今年が初めてのはず。

だから基本的には1年生が持っていることが多いけど、教職員の人達がいる棟に行けば、手に入らないことも無さそう。

ってことは、1個か2個……または3個上ってこともあるのかな？

年上っぽかったし。

まあでも正直、年齢もどうでもいい。

あの時のことを、思い出す。

『すみません！　ちょっとコンタクト探してますので！』

『はい。気を付けてね』

『あ、このハンカチは別に返さなくていいから。じゃ！』

あの眩《まぶ》しい笑みを、思い出す。

（カッコよかったなあ……）

あんなことされたら、誰だって好きになる。顔は確かによく見えなかったけど、もう顔なんて気にならない。

あの優しさと、笑顔に触れたら、顔なんて関係ない。

(願わくば目に焼き付けたかった……ヨヨヨ……)

机に突っ伏す。

泣いてなければ……いやでも泣いてなかったらそもそもコンタクトを落としたりしないわけで、そしたら彼に会えることもなかったのか……。なんて。

思い出すだけで、胸がきゅんとする。

(うん。やっぱり絶対にもう一度ちゃんと会いたい。お礼を言って、それで……)

会えたら、どうしよう。すぐに好きですなんて言っても不審がられるだろうし……。

まずはお友達から？　なんか下心ありそうに見えるよね。

とにかくお礼を伝えたくて。

あなたのおかげで、私はどん底から救われましたって。

……ちょっぴり重いかな？

でもそれくらい感謝してるし……憧れちゃってる。

だからちょっとだけ重くても、許して欲しいな。

「にへへ……」

まずい。だらしない顔をしているかもしれない。

恋海《こうみ》の『お気に』と会うのに、変な人扱いされたら悲しすぎる！

もしかしたら男子ネットワークで、私の運命の人探しに協力してくれるかもしれないし……

初対面の印象は大事！

授業開始10分ほど前。

恋海《こうみ》が教室に入ってくる。後ろには、男の子の姿があった。

あー恋海《こうみ》の顔完全に恋する女の子ですわ。ってかやっぱカッコ良いっぽい……？　身長もそこそこあるし。

入ってきただけで教室の周りの女の子達がちょっと振り向いてる。

そりゃ恋海《こうみ》も心配になるわけだ。

そうしている内に、恋海《こうみ》とその男子が、私のところまでたどりついた。

「はい！　ってことでこっちが私の親友の戸ノ崎《とのさき》みずほ！　んで、こっちがえっと……と、友達の片里将人《かたさとまさと》！」

恋海《こうみ》の後ろから。

ひょいっと顔を出すイケメン君。

「こんにちは！　恋海《こうみ》からちょいちょい話は聞いてたよ～よろしくね！」

……あれ？

## 元気っ娘JDは紹介される ●○●

いよいよ季節は夏を迎えるということもあり、朝は暑さのせいで起こされることも多くなってきた。

俺はいつものように寝ぼけまなこをこすりながら、だらだらと遅い朝食兼昼食を頬張り、大学へ行く準備を整える。

今日の3限は恋海《こうみ》と一緒の授業だから、早めに行かないとな。

いつも席取ってもらうの悪いし。

そう思って鞄《かばん》に荷物を詰め込んでいると、唐突に家のインターホンが鳴り響いた。

「おーい将人《まさと》いるー？」

「あら、藍香《あいか》さんや」

今や俺の保護者代わりとなって久しい藍香《あいか》さん。

たまに夕飯提供してくれるし、相変わらず頭が上がらない。

「はいはい！　おはようございます」

「おーおはよー。多分将人《まさと》が前暮らしてた施設からなんか荷物届いたよ。ほい。この段ボールに入ってんの全部そうだから」

「おお、ありがとうございます」

　正直、この世界の俺が今までどんな人生を送ってきたのかはわかっていない。

　多分、前の世界の俺とこの世界の俺が、入れ替わった……みたいな状況なんだろうけど……。SFは苦手なんや。よくわからん。

　前の世界でも今の世界でも、両親はいないっぽい。そこは変わらないようで。

　一人っ子で親戚もろくにいなかったから身寄りがなく、養護施設的な場所で暮らしてた。んで、高校卒業を期に施設も卒業だったんだけど、奨学金で大学行こうと思ってた矢先に転移。

　この世界の俺も、前の世界で藍香《あいか》さんみたいな人に会えてるといいけど。流石《さすが》にそんな上手《うま》くはいかないか。

　藍香《あいか》さんが電子タバコを口から離し、空に息を吐く。

「……ま、私は将人《まさと》がどんな過去抱えてようが、面倒見るって決めたけど。もし施設戻りたいとかあったら言ってね」

「いえ！　そんなわけないっすよ。ほんと、藍香《あいか》さんには感謝しかないんで。大学卒業したら、必ず恩返しします」

「ふふ。楽しみにしてる。とりあえず今は大学生活楽しみな～その後のことは、またその時考えればいいーさ」

「はい！」

ひらひらと手を振って、藍香《あいか》さんは帰っていく。

本当にありがたい話だよなあ……マジで恩返ししないと。

……でも恩返しってもしかして『Festa』でナンバーワンになることなのか……？　それは俺にはちょっとハードル高いぞ……？

段ボールを抱えて、俺は部屋に戻る。

「よいしょ、と」

カッターを使って、段ボールのフタを開いた。中にはごちゃごちゃと色々な物が詰まっている。

「懐《なつ》かしい、と思うものもあるし、見たことねーってのもあるな……」

そこは転移したから生まれた違いなんだろう。

使っていたボロボロのバスケシューズとかは同じで懐《なつ》かしさがあるが、もらった手紙？　みたいなやつは見覚えがないものも多い。こんな手紙もらったっけ？

施設暮らしだったとはいえ、学校は行っていた。友達とか、元気にしてるんだろうか。

「ん……？」

ほとんどが見覚えのない手紙類や参考書。昔使っていたであろう筆記用具。それに古ぼけた2組の野球用具も見つかった。

「懐《なつ》かしいなあ……ってやべ！　時間が！」

懐《なつ》かしさに浸っていたい気持ちもあるが、このままでは大学に遅れてしまう。

段ボールはまた丁寧に蓋をして、押し入れにしまっておいた。


「将人《まさと》～！　おはよっ！」

「恋海《こうみ》おはよ～、ごめんねいっつも席とってもらっちゃって」

「んーん！　全然！　私2限から来てるから大丈夫！」

大学に着くと、恋海《こうみ》が俺を出迎えてくれた。

今日はスクエアネックタイプのTシャツに、薄いレース生地の上着を羽織って、下は白のショートパンツ姿の恋海《こうみ》。

恋海《こうみ》と結構な頻度で会っているけれど、毎日様々なコーディネートをしてくるあたり、オシャレにはかなり気を使っているんだろう。

なにやら今日は、恋海《こうみ》の友達を紹介してくれるらしい。

確かに最近は俺と一緒に講義を受けてくれるものだから、恋海《こうみ》自身の交友関係がおろそかになっていないか心配だった。

なら、俺が恋海《こうみ》の友達と仲良くなって、両立できるのが一番良《い》いと思うし、俺としては大歓迎。

「でもよかった。恋海《こうみ》が最近友達とちゃんと楽しくやれてるか心配だったからさ」

「もーなにそれ！　お母さんみたいな言い方やめてよー！」

「いやいやそうじゃないけどさ！　でも俺も恋海《こうみ》の友達と仲良くなれるように頑張るよ」

これで俺が嫌われたら元も子もないからな……気を付けていかないと。

くるりと、恋海《こうみ》が俺に背を向ける。

「……あんまり仲良くなりすぎても、困っちゃうんだけどね……」

「ん？　なんか言った？」

「んーん！　なんにも！」

なにか小声で呟《つぶや》いていた気がするが、よく聞こえなかった。とりあえず先行する恋海《こうみ》についていく形で、教室に入る。

すると後方奥の方に、1人の女の子の姿が見えた。

お友達はあれ、かな？

その少女の元まで、俺と恋海《こうみ》がたどりついた。

「はい！　ってことでこっちが私の親友の戸ノ崎《とのさき》みずほ！　んで、こっちがえっと……と、友達の片里将人《かたさとまさと》！」

椅子に座ったままの少女――みずほちゃんは、きょとんとした顔でこっちを見ていた。

目はぱっちりと大きく、低い位置で結んだツインテールが、彼女の幼い顔立ちと相性がとても良《い》い。

あどけなさも若干残るタイプの可愛《かわい》い子だな、と思った。

「こんにちは！　恋海《こうみ》からちょいちょい話は聞いてたよ～よろしくね！」

「……」

……あ、あれ？　ファーストコンタクト失敗？

挨拶なんかまずったかな？

「みずほ？」

不思議に思ったのか、恋海《こうみ》もみずほに声をかける。

「おおお！　これは失敬！　あなたが将人《まさと》さん！　恋海《こうみ》殿から話は聞いてますぞ～！」

「あ、え、そうなの？」

「もちろんもちろん！　いや～！　それにしてもびっくりしました！　確かになかなかのイケメンでござるなぁ……」

「みずほさっき言ったこと本当にわかってるよね……」

「おお怖い！　悪かったってば～！」

おお、よかった。かなり明るいタイプの子だね。

みずほちゃんはうんうんと頷《うなず》きながら俺の方へ手を伸ばしてきた。

「今ご紹介に与りました、戸ノ崎《とのさき》みずほと申します……以後、お見知りおきを」

「ははは。面白いんだね。俺は片里将人《かたさとまさと》。将人《まさと》って呼んでくれていいよ」

差し出された手を取って、握手。

華奢《きやしや》な手だ。身体《からだ》つきも恋海《こうみ》より一回りか二回りくらい小さいからそう思うのかもしれないが。

「将人《まさと》、みずほのテンションに合わせてたら一日もたないから、テキトーにあしらっちゃっていいからね」

「ガーン！　恋海《こうみ》私のことそんな風に思ってたの⁉　心外でござるな〜」

恋海《こうみ》もこんなことを言いながらも、表情は明るい。前々から話も聞いていたし、本当に仲が良《い》いんだろう。

うんうん。良《い》いことである。

講義開始を告げる本鈴が鳴ったので、俺達は席についた。

これからは、3人で授業を受けることも増えるのかな？


5限が終わった。

みずほちゃんと会ってからその後の授業が3人一緒だったこともあり、ずっとそのまま3人で行動している。

「いや〜疲れったた〜‼　最後の講義、いきなり小テストとかびっくりだったねえ」

「恋海《こうみ》に写真撮ってもらった資料がなかったら危なかったわ……」

教室を出て、帰路につく。もうだいぶ日も傾いている時間だ。

周りも、わらわらと帰っていく学生の喧騒《けんそう》で溢《あふ》れている。

「あ、やば」

「？　どしたの恋海《こうみ》」

トートバッグを開いていた恋海《こうみ》が立ち止まったので、俺とみずほちゃんも立ち止まる。

「教室に忘れ物しちゃったっぽい……取ってくるから、2人は先帰っててていいよ！」

なるほど。けれどまだ教室棟から出たばっかりだし、5限の教室は2階なので比較的すぐ戻れる距離。

「急いでるわけじゃないし、全然待ってるよ。ほら、荷物貸して。持っておくから。みずほちゃんはどうする？」

「拙者《せっしゃ》もも一まんたい！　でござる！　待つよ！」

元気よくピースするみずほちゃん。

いちいち動作が激しくて、それが絵になる少女だ。

「ごめん！　ありがとう！　じゃあちょっと行ってくる〜！」

俺にトートバッグを預け、学生が歩いてくる流れに逆らって、恋海《こうみ》は教室棟へと戻っていった。

「んじゃあ、俺らもそこらへんのベンチで待ってよっか」

「そうでござるね！　いや〜それにしても将人殿《まさと》は優しいでござるなあ〜」

「いやいや、待つくらい全然当たり前じゃない？」

「いやー今拙者《せっしゃ》は垣間見《かいまみ》ましたぞ。将人殿《まさと》の奥底に眠る優しさを……」

「大げさだなあ〜」

ベンチに腰掛けて、恋海《こうみ》を待つ。

夕焼けが眩《まぶ》しいけれど、すぐに日は沈んでしまいそう。

授業終わりの学生達の波も一段落して、今大学前は比較的閑散としている。

一瞬の沈黙が降りた、その時だった。

「時に将人《まさと》殿」

「ん？」

一度座ったはずのみずほちゃんが、勢いをつけて立ち上がる。

そのまま俺の正面に立って、手に持っていた紺のマリンキャップを深く被《かぶ》り直した。

「将人《まさと》殿に、言っておかなければならないことがあるのです！」

「……うん？」

口調は、相変わらず茶化しているけれど。

スカイブルーの瞳は、真っすぐにこちらを見ていたから。

夕日をバックに立つ彼女の姿がとても映えていて、幻想的な空間を生み出している。

蠱惑《こわく》的に微笑《ほほえ》んだ彼女に、思わずドキッとしてしまった。

「実はですね――」

# 元気っ娘JDは我慢する ●○●

「こんにちは！　恋海《こうみ》からちょいちょい話は聞いてたよ～よろしくね！」

……あれ？

なんかこの声聞いたことあるような……。

恋海《こうみ》から元々聞いてはいたけれど、目の前に立った青年はとてもカッコ良かった。

175㎝ほどの身長。筋肉質なわけではないけれど、過剰に細かったりするわけでもなく。

白のダボっと着たTシャツに、ワンポイントで首からかけた革製タイプのネックレスが主張しすぎず良《い》いアクセントになっており。

柔和な笑みは、こちらに悪感情が一切ないのが伝わってきた。

「……みずほ？」

（……っと、ダメダメ。恋海《こうみ》が好きになった相手なんだし、私には心に決めた運命の人が……！）

これは恋海《こうみ》が惚《ほ》れるのもわかるなあ、と思っていたら恋海《こうみ》が心配そうに声をかけてきた。

私としたことが！　ちゃんと挨拶返さないと。

「おおお！　これは失敬！　あなたが将人《まさと》さん！　恋海《こうみ》殿から話は聞いてますぞ～！」

「あ、え、そうなの？」

それはもうたっぷりと、ね。

もう最近は恋海《こうみ》の惚気話《のろけ》は友人間で恒例行事となりつつある。

きっと大いに色眼鏡が通してあるんだろうと思っていたが、案外そうでもなかったのかもしれない。

言葉を交わす中で、ずっと目の前の青年は笑っている。それにつられて、恋海《こうみ》も笑っている。

ほんとに、眩《まぶ》しいくらい。

（いいな、恋海《こうみ》は。私も、運命の人見つけられたら、こんな風に、なれるかな……？）

今はまだ、会えてすらいないけれど。

あれだけ優しかった人なのだから、それくらい夢見ても、いいよね？


恋海《こうみ》が教室に忘れ物を取りに行っている間。

そういえばまだお願いをしていなかったと思って、私は将人《まさと》君に向き直る。

これを伝えておかねば！　どこにどんなヒントが転がっているかわかりませんからね！

「実はですね……将人《まさと》君には、私の運命の相手を探すのを手伝ってほしいのですよ!!」

「ええ!?」

将人《まさと》君が目を見開いて驚いている。表情が豊かな人だなあ。

「実はですね、事情を深く話すわけにはいかないのですが……私には運命の人がいます。そしてその人はおそらく……この大学の1年生なのです‼」

「ほ、ほうほう……？」

「だから男子である将人《まさと》君には、よろしければ、その人を探してもらいたく‼」

やっぱ男子間のネットワークとかもあるかもしれないしね……。

「い、いいけどその人はなんて名前なの？」

「知りません！」

「知らないんかーい！」

私が大きく腕でばってんのジェスチャーをすると、将人《まさと》君もおおげさにのけぞった。反応が楽しくて、思わず笑顔になっちゃう。

「え、じゃあせめて学部とか、特徴とか……」

「学部も知りません！　なんならこの大学の1年生であるとは思いますが、確実ではありません！」

「条件がキツすぎるよ⁉」

自分で言っておかしなお願いだな、とは思う。それでもあきらめるわけにはいかないのです！

「でもその人はオールバックで、身長は……将人《まさと》君くらいだったかなあ……？」

「ほんほん……オールバックは確かに珍しいね」

そう、普段からもしあの彼がオールバックなのだとしたら、比較的早く見つかる気がする！

大学内でオールバックの人あんま見たことないし！

「将人《まさと》君の男子ねっとわーくを使って是非……見つけたら教えてくださいっ！」

「そりゃお役に立てればとは思うけど……」

将人《まさと》君が難しそうな顔。

やっぱりいきなりこんなことをお願いするのは図々《ずうずう》しかったかな……？

そう思い、将人《まさと》君の表情を窺《うかが》うと。ばつが悪そうな表情で、頰をかいていて。

「俺……友達いないんだよね」

飛び出してきたのは意外な言葉。

「なんと！」

恥ずかしそうに苦笑する将人《まさと》君。このイケメン、そんな仕草も絵になるのズルいなあ！

「だから、一応そんな感じの人見つけたら教える……くらいでもいいかな？」

「真面目っ‼　ありがとう！　ご協力感謝感謝です！」

そういえば恋海《こうみ》が将人《まさと》君は遅れて入学したから友達が少ないみたいなこと言ってたな……これは申し訳ないことを……。

そんな話をしていると、向こうから小走りで恋海《こうみ》が戻ってきた。

「ごめんありがとう～！　じゃあ行こうか！」

「ほいお帰り～」

「恋海《こうみ》！　将人《まさと》君にも私の運命の人探し手伝ってもらうことにした!!」

「おお～良かったじゃん！　将人《まさと》、なんか思い当たる人いたの？」

「いや、それは全然わかんないや」

恋海《こうみ》と将人《まさと》を連れだって、駅への道を歩いていく。なんだかとても、これからは楽しい大学生活になるような気がする！

大学から最寄りの駅までは歩いて10分ほど。

10分なんていう短い時間は、3人で話しながら歩いていればすぐだった。

「それじゃ私、こっちの電車だから～！　またね！」

「は～い！　また明日！」

「またね～！」

偶然私と将人《まさと》君は同じ電車で、恋海《こうみ》だけ別方向。

恋海《こうみ》を別路線の改札まで送って、私と将人《まさと》君は違う改札口へと向かう。

そうだ、せっかく将人《まさと》君と2人になっちゃったし、気になる事聞いちゃおう～っと。

「実際、恋海《こうみ》とはどんな関係なんです～？」

「え？　ん～そんな疑うようなことじゃないよ。友達だよ友達」

「え〜本当かな〜？」

うりうり、と肘で将人君《まさと》の脇をつつく。

ちょっとでも動揺してくれれば、恋海《こうみ》にもチャンスあると思うんだけど……。

「なんだろ、恋海《こうみ》って本当優しくてさ。誰も友達がいなかった俺にこんだけ優しくしてくれて……正直感謝してる。だからなんだろ、裏切りたくないって気持ちの方が強いかな」

「……」

真面目。将人《まさと》君は大真面目である。

う〜ん、これだと今の所好意に気付いてはもらえてなさそう……？　頑張れ恋海《こうみ》……。

「そんな恋海《こうみ》からずっとみずほちゃんはいい子だって聞いてたからね。仲、良《い》いんだね」

「なんと！　恋海《こうみ》もたまにはいい仕事するなあ！　そうです！　私は良い子なんです！」

「あはは。自分で言うんかい！」

将人《まさと》君との会話が心地よくて、楽しくて。

だからだろうか。

油断していた、のかもしれない。目の前に歩いてくる2人組を見て……私は背筋が一気に凍り付く。

「…？　みずほちゃん？」

とっさに将人《まさと》君の陰に隠れるように後ろに回り込む……けど、もう遅かったようで。

「……ん？」

目の前の2人組……それは、私の所属するバドサーの先輩で、私が告白した相手けいとさんと、そのけいとさんと仲が良《い》い、3年生のさつき先輩だった。

気付かれませんように……そう思っていたけれど、通り過ぎる時、彼と目が合ってしまう。

「やっぱりそうだ。なんだっけ、戸ノ崎《とのさき》……？　みずほとか言ったっけ」

「……」

最悪だ。

よりにもよってこんなタイミングで……。

「ああ、けいとに告白してきたっていう1年生？」

「そうそう！　さつきが1年に構えとかいうから勘違いする女が生まれちゃったんだよ」

「え、私のせいなの？」

……早く、立ち去りたい。

将人《まさと》君の背中を押して、行こう、と小さく呟《つぶや》いた。

けど、それを彼は許してくれない。

「ちょっと待てよ」

「なに？　告白したクセにもう乗り換えたの？　いいねえ～変わり身早くて。ブスは男に媚《こ》びてないと生きていけないの？」

「けいと流石《さすが》に……」

顔は見ていないけど、声音だけでわかる。明らかにこっちを嘲笑《あざわら》った口調。きっとニヤニヤしながらこっちを見ているに違いない。

見たくも、なかった。

「ほら、好きな男が声かけてるんだからこっち見たら？」

最悪だ。

こんなとこ、将人《まさと》君に見られているという事実も。せっかく仲良くなれたと思っていたのに、幻滅されてしまう……。

思い出したくもない告白の日。

言われた言葉がフラッシュバックする。嫌だ。

またみっともなく泣きたくなんて――。


「俺は部外者で、何があったのかとかは、よくわかんないスけど」

いつの間にか、私と先輩達の間に、将人《まさと》君が立っている。

「一つだけ、わかってることがあるんで撤回してもらっていいスか？」

「誰だよお前」

「俺はそっすね。みずほの友達です」

「やっぱりそうだと思ってたけど、まさか彼氏なわけないよなあ。こんなブスと付き合って」

「それだよ」

表情は見えない。

けど、語気が荒立っているのは、見なくたってわかる。

「ブスじゃねえ。可愛《かわい》いだろみずほちゃんは」

「……は？　そこ？」

「俺は、細かいことはよくわかんないス。話も人伝いにしか聞いてないし。けど、あんたが言ったことで、一つだけはっきりと間違っていると言えることがあるなら、この子はブスじゃねえ。内面も、容姿も。心優しい、素敵な女の子だ」

……。

「は、は？　お前わかってんの？　ほんの数日前にこいつは俺に告白してきて、いわば俺の方が上の立場にいるわけ。それを――」

「上ってなんスか？　告白された側は、告白した側より上なんスか？」

「そりゃ当たり前だろ、どう考えたって好きになられた奴《やつ》の方が」

「それこそ勘違いも甚だしいですね。虫唾《むしず》が走ります。好意をもって想《おも》いを伝えてくれた子に対してその態度が気に食わないですね」

「……！　お前……！」

けいとさんが将人《まさと》君に近づいていく。

……止めなきゃ。

なのに。

どうしてこんなに心臓がうるさいのだろう。

どうしてこんなに顔があついんだろう。

将人《まさと》君の後ろで、彼のシャツをぐっ、と握った。

「んじゃあお前はこいつとでも付き合えるんだな？　俺はこんなブスとは付き合えないけど、お前は付き合えると」

「そうやって本人の意思も介さず、ただ自分の価値を確かめるための道具としか思っていないあんたと、同列で彼女を語りたくないですね」

「……お前、バカだな。せっかく顔はそこそこいいのに……もういいわ。興ざめだよ。さつきなにボケっとしてんだ、行くぞ」

……。

先輩達が去っていく。

残されたのは、私と、将人《まさと》君だけ。

「あー……ごめん、みずほちゃん。サークル……行き辛《づら》くしちゃったよね……考え無しでこういうことやるもんじゃないな……」

「……」

関係ない。どうせもうバドサーは既に行きにくかった。そんなことより、将人《まさと》君を巻き込んでしまった事の方が申し訳なくて。

けれど、それ以上に。

「全然どんなやりとりがあったかも知らない俺が、首突っ込むのはダメかなと思ったんだけど……我慢できなかったや。ごめん」

「……」

やめて。やめてよ。

優し、すぎるよ。

だって。私には心に決めた人がいて、目の前のこの人は、恋海《こうみ》が好きになった人で。

「あー、なんか飲む？　あそこのカフェの新作、気になってたんだよね。お詫《わ》びに奢《おご》るよ？」

ぎこちない笑みが、どうしようもなく胸に刺さる。胸の高鳴りが抑えられない。

あぁ、羨ましいなぁ。

恋海《こうみ》はこの人を好きだって、声高に言えるんだ。

大きく、深呼吸。

その程度じゃ、この胸の高鳴りは抑えられないけれど、多少はマシになる。

頑張れ、私、と。小さく呟《つぶや》いてから。

「ありがとう将人《まさと》君！　いや〜！　恥ずかしい所を見られちゃったな〜！　そうなんです！私あの人に告白して玉砕しちゃったんだよね〜！　そりゃーもうこっぴどくフられてさ、恥ずかしいのなんの！　あんな人だって知ってたら、告白なんて——」

瞬間、ぽん、と肩に手を置かれた。

「無理しないでいいんだよ」

「え……？」

「無理しなくていい。辛《つら》い時は、辛《つら》いって言っていい。俺は……まだみずほちゃんと会ってほんの数時間しか、一緒にいないけどさ、みずほちゃんが明るく振る舞おうとしてるのはわかってるから。でも、辛《つら》い時まで無理する必要ないよ。あんなこと言われて、傷つかない人なんていないんだから」

「……」

「あそこのカフェで、新作買ってくるね！　だからちょっとだけ待ってて。その間に、いろいろ整理するといいさ。いくらでも話は聞くから。だから、無理しないで」

将人《まさと》君は、そう言ってカフェの方へと歩いていく。

その後ろ姿が、見えなくなる。

私はしゃがみ込んで胸を押さえることしかできなかった。

「苦しいよ……」

涙がこぼれた。

でもこの涙の理由はきっと、あの時とは違う。

私ってこんなにチョロかったかなぁ……？

なんでだろう。あの声が、あの姿が、どうにも胸の内に響いて仕方ない。

この胸に湧き上がる感情の名前を、私は知っている。けど、それを言葉にしてしまったら、
ダメ。

——運命の人がいるから。

——恋海《こうみ》の想《おも》い人だから。

「我慢……我慢しなきゃ……！」

恋海《こうみ》への申し訳なさと。

将人《まさと》君への感情と。

運命の人との出来事。

たくさんの私の感情が混ざって、涙になる。

こぼれ落ちていく。

――あぁ。

恋って、好きって、こんなにも難しい。

# エピローグ

Danjohi 1:5
no sekai demo futsu
ni ikirareru to
omotta?

金曜日の夜中。

シングルベッドにダイブして、一度大きく伸びをした。疲れた身体《からだ》が解《ほぐ》れていくのがわかるようで、この瞬間はとても気持ちが良《い》い。

シャワーを浴びた後、軽くドライヤーだけしてベッドにダイブ。やはりこれぞ至高なり。

充電しておいたスマートフォンを手に取り、指でタップすると、SNSのメッセージが何件か溜《た》まっていた。

「由佳《ゆか》は今日のお礼で……星良《せいら》さんは相変わらず連絡がマメだなあ。さっきまで会ってたのにもう連絡来てるや。みずほは最近元気無さそうだけど平気かなあ」

こうしてみると、この世界に来て仲良くなった人はやっぱり女の人が多い。バーの先輩達はもちろん仲良くさせてもらってるけど、ずっと連絡とるわけじゃないし。

パパっと返信を打つ。もう確実に寝てるであろう由佳《ゆか》にはちょっと申し訳ないけどね。

恋海《こうみ》からもメッセージが来ていたので、開いてみた。

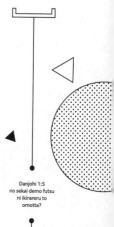

『明日は家庭教師って、将人《まさと》家庭教師なんかやってたの？』

『え、相手女の子だったりしないよね？』

そういえば、明日の予定を聞かれて答えたんだった。そうそう。バーのバイトももちろんかなりの額もらってるんだけど、それだけじゃ奨学金の事とかも考えたら足りないので、家庭教師のバイトもやり始めたのだ。これも、藍香《あいか》さんの紹介で。

土曜日に行っているので、丁度明日が家庭教師の日。だから昼前には起きないと。

「高2の女の子だよ、と」

家庭教師先の女の子は、お淑《しと》やかで良い子だ。良い所《い》のお嬢様って感じ。ただ、まだなんかこうよそよそしい感じなのがちょっと寂しいかなあ。そりゃ年上の異性ってこともあって緊張してるのかもだけど。

ひととおり返信を終えて、スマートフォンを閉じる。電気を消して目を閉じれば、すぐに睡魔がやってきた。

この世界での生活が始まって、数ヶ月。男女比が1：5でも、案外どうにかなるもんだね。藍香《あいか》さんには、女には気を付けなさいって言われたけど、そんな気を付ける要素あるかな？たしかに星良《せいら》さんは最近ちょっと俺にお金かけ過ぎてる気もする、かな？　みずほは何故《なぜ》かはわからないけど、なんか最近目を逸《そ》らされることが多くなった。なんか悪い事しちゃったかな。由佳《ゆか》は良くショートする電子機器みたいになってるし、恋海《こうみ》はちょっと過保護なくらい。

皆、良《い》い人達だ。

だから、まあ。普通に生きられるっしょ!

■

ピロン、という通知の音で、意識がゆっくりと浮上する。

「あれ……」

机に突っ伏していた体勢から、身体《からだ》を起こす。どうやら、大学の課題をやっていたら、うたた寝してしまっていたらしい。

机に直接当たっていたおでこがちょっと痛んで、手で軽くさすった。

「さいあく……んーっ!」

一度大きく伸びをして、部屋の時計を確認。時刻はちょうど深夜の1時を回ったところ。

……そういえば、SNSの通知で目を覚ましたんだっけ。

机の上に置きっぱなしにしてあったスマホを開けば、そこには《将人《まさと》》の表記。その2文字を見るだけで、胸がちょっとだけ熱くなる。丁度バイトが終わったのかな。

《将人《まさと》》『そうだよ、高2の女の子』

……なんの話をしていたんだっけ。……あ、そうだ! 家庭教師!

明日の予定をなんとなく聞いてみたら、将人《まさと》が家庭教師をやっていることが判明したのだ。嫌な予感がして、相手が女の子かどうか確認したら……やっぱり……！

危機管理意識の薄い将人《まさと》が女子高生の家庭教師だなんて！　ダ、ダメだよ許せません！　相手の女の子だって絶対いかがわしいこと考えてるに決まってるんだから！

電話は流石《さすが》に夜中すぎるし……でも明日になったらもう将人《まさと》は家庭教師に行っちゃうよね？

「ううう、どうしたら……」

将人《まさと》のことを好きになってから、もちろん幸せなんだけど、悩みの種も増えた。それは、将《まさ》人《と》の周りに女の子の影が多いってこと！　もちろん将人《まさと》が魅力的なのは認めるし、良《い》い所なんだけど、当の本人に自覚が無さ過ぎる！　まあ、だからこそ私も仲良くなれたんだけどさあ……。

悶々《もんもん》とした気持ちを抱えながら、ベッドに横たわった。

話を聞く限り、将人《まさと》の周りには何人か女の子がいるみたい。バスケを教えている子は、まだ中学生だから良《い》いにしても……高校生の家庭教師はちょっと……。それに、金曜日の夜になんのバイトやってるのかも教えてくれないし……。

あと、将人《まさと》は関係ないと思うけれど、最近、親友のみずほが妙に元気が無い。なにか思い悩んでるみたいだけど、大丈夫かなあ……。

ふう、と一つ息を吐いて、傍《そば》に転がっていた、枕を抱き締めた。

ライバルは、どうやら多いみたい。だけど、だからって譲る気も無い。絶対に、絶対に私が将人《まさと》の一番になってやるんだから！

## [ 戸ノ崎みずほの場合 ]

mizuho

将人君!その後何か進捗は!?
気になって夜8時間しか寝れません!
18:45

既読
19:43
ゴメン全然進捗ないや汗……ってバッチリ寝れてて草

そうだよね～しかし恋は障害が多いほど燃え上がるのです!
20:42

既読
21:33
めちゃくちゃ好きなんだね。会えるといいね!応援してるよ!

……応援されるのはちょっと、なんと言いますか、
切ないと言いますか……
22:34

既読
23:43
???なんで?

乙女は複雑なんです!!! わかれ!!!
いややっぱわかるな!!!
23:59

既読
0:44
情緒不安定すぎるやろ! そろそろ寝るね! おやすみ!

―― メッセージの送信を取り消しました ――
1:45

Aa

# あとがき

貞操逆転世界って、夢があるよね……。

初めまして。三藤孝太郎《みふじこうたろう》と申します。この度は本作品の読了、本当にありがとうございました。

可愛《かわい》くて、魅力的で、そしてほんのちょっとだけ重いヒロイン達との日常、楽しんで頂けましたでしょうか。

半年ほど前、本作の書籍化を二人三脚で進めてきた担当編集のS氏と初めて打ち合わせをした時、僕は開口一番にこう言いました。

「正気ですか？」

と。……いやだってそうじゃない？　貞操逆転世界なんていうマイナージャンルを、天下の電撃文庫さんでやろうだなんて僕は到底正気とは思えませんでした。実際お話を初めてメールで頂いた時は、そりゃあもう、自分の目を疑ったものです。

しかし話が進んでみれば、担当S氏を始め編集部の皆様はもちろん本気で。その気持ちを感じる度に、僕も頑張らなくては、と強く思った半年間でした。

さて、本作をネット小説で書き始めた時は、「このくらいの貞操逆転系小説無いから、自分で書こう」という完全な自給自足精神でした。馴染《なじ》みの無い方もいるかもしれませんが、このジャンルの作品は、ネットに沢山投稿されています。もしこの作品で「貞操逆転」というジャンルに興味を持たれた方は、自分好みの作品を探してみるのも良《い》いかもしれません。是非沼に足を突っ込んでみてください。

個人的に今回の書籍化にあたって一番大変だったのは、タイトル決めでした。「貞操」という直接的なワードは読者に忌避感を与えてしまうかもしれない。かといって、ジャンルについて何も触れないのはこの作品がどんな内容なのか想像してもらいにくい……と様々な試行錯誤を乗り越えて、このタイトルに落ち着きました。ネット小説時代から読んでくださっている方々にもわかりやすく、また新規の方にも手に取ってもらいやすいタイトルになれていたら、嬉《うれ》しいです。

最後になりますが、改めて謝辞を。

この作品を書籍化したいという熱意をぶつけてくれた担当S氏、そしてそれを受け止め、より良《よ》いものにしようとしてくれた編集部の皆様。本当にありがとうございます。

そして最高に素敵なイラストを描いて下さったjimmy様。心からの感謝を。特に最後のみずほ！　良すぎ！　天才！　嬉《うれ》しさと悲しさが織り交ざった表情がもう的確すぎ（以下略）。

そして何より、こうして手に取って下さった皆様に感謝を。また2巻でお会いできることを、心から願っています。それではまた！

麻雀《マージヤン》の打ちすぎで腱鞘炎《けんしようえん》気味な手を必死に動かしながら

三藤孝太郎《みふじこうたろう》

## ◉三藤孝太郎著作リスト

「男女比1：5の世界でも普通に生きられると思った？
～激重感情な彼女たちが無自覚男子に翻弄されたら～」（電撃文庫）

**本書に対するご意見、ご感想をお寄せください。**

ファンレターあて先
〒102-8177　東京都千代田区富士見2-13-3
電撃文庫編集部
「三藤孝太郎先生」係
「jimmy先生」係



本書は、カクヨムに掲載された『貞操逆転世界で普通に生きられると思い込んでる奴』を加筆・修正したものです。

電撃文庫

# 男女比《だんじょひ》1:5の世界《せかい》でも普通《ふつう》に生《い》きられると思《おも》った？
## ～激重感情《げきおもかんじょう》な彼女《かのじょ》たちが無自覚男子《むじかくだんし》に翻弄《ほんろう》されたら～

三藤孝太郎《みふじこうたろう》

2024年２月10日　初版発行

発行者　山下直久
発行　株式会社KADOKAWA
〒102-8177　東京都千代田区富士見2-13-3
0570-002-301（ナビダイヤル）
装丁者　荻窪裕司（META＋MANIERA）
印刷　株式会社暁印刷
製本　株式会社暁印刷


ISBN978-4-04-915437-5　C0193　Printed in Japan

電撃文庫　https://dengekibunko.jp/

二月 公
イラスト／さばみぞれ
声優ラジオのウラオモテ
#01 夕陽とやすみは隠しきれない？
オモテは元気＆清楚なアイドル声優／
ウラはギャル＆根暗地味子な女子高生!?
プロ根性で世界をダマせ!
バレたらアウトの声優ラジオ
Now On Air!!
第26回
電撃小説大賞
大賞
受賞
電撃文庫

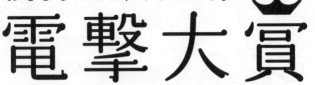